KB062818

사
랑
후
에

오
는

것
들

공지영 지음

사랑 후에

오는 것들

소담출판사

연둣빛 트레이닝복을 한 벌 샀다. 거의 노랑에 가까운 그린 빛이다. 퇴근하는 길에 지희랑 종로의 이탈리안 레스토랑에서 만나기로 했는데 조금 일찍 도착한 김에 가까운 지하 아케이드를 둘러보다가 그 눈부신 연둣빛을 발견했다.

꼭 사려고 했던 것은 아니었는데 나는 그만 그 연둣빛에 끌리듯 다가가 그것을 만지고야 말았다. 분명 눈으로만 보세요, 라고 씌어 있었는데 손바닥으로 가만히 쓸어내렸던 것이다. 그것은 무채색 겨울 들판 구석에 혼자 핀 아기 민들레의 새싹 같은 빛이었다. 더구나 순면 소재의 타월 같은 촉감이 아주 좋았다. 따듯한 물로 샤워를 하고 나서 보송보송한 수건으로 물기를 닦아 내고 톡톡 베이비파우더를 바르면 느껴지는 그런 산뜻한 느낌이 그 옷에는 있었다. 나는 내가 그 옷집의 금기를 깨고 있다는 것도 의식하지 못했다. 그만큼 그 연둣빛은 나를 끌어당기고 있었다. 내 또래로 보이는 주인이 팔짱을 끼고 다가와 만지면 안 되는데 하는 표정으로 미소를 지었다.

내가 옷 한 벌 샀어, 하자 지희는 내가 산 그 트레이닝복과 나를 번갈아 쳐다보다가 호기심 어린 눈으로 말했다.

"야, 이제 홍이한테도 봄날이 오나 보다."

무슨 소리야, 하고 내가 물으니까 그녀는 내 진회색 슈트를 가리키며 다시 말했다.

"너 이제 이런 상복 좀 벗어 버려."

그제야 늘 지희가 나에게 제발 이런 칙칙한 검은색이나 회색 혹은 진한 보라색 옷은 입지 말라고 타박을 주던 일이 떠올랐다.

"만져 버렸어. 그래서 그냥 산 거야."

트레이닝복 한 벌 사는 데 변명을 하고 있다는 것을 깨닫고 나는 오늘 해물 리소토 먹을래, 하고 서둘러 말했다.

그날 아침 나는 그 트레이닝복을 꺼내 들었다. 기획 회의가 좀 미루어지게 되어서 호수 주변을 한 바퀴 뛰고 출근을 하려던 것이다. 연둣빛 트레이닝복만 입고 나가기에는 좀 추울 테니까 카키색 오리털 파카를 걸치고 검정 털모자를 뒤집어쓰고 뛰면 될 듯했다. 그런데 그날 아침 식탁에서 아버지는 뜻밖에도 내가 공항에 나가야 한다고 말했다. 그제야 아버지가 요즘 심혈을 기울여 책을 낸 일본의 젊은 작가가 온다는 말을 회의 시간에 들었던 생각이 났다. 내가 여름휴가 대신 겨울 휴가를 보내고 돌아온 길이라서 출판사 사정에 좀 어둡긴 했고, 그건 우리 부서의 일은 아니었지만 명색이 기획실장인 내가 모른다고 할 수는 없었다. 입맛이 없어서 플레인 요구르트에 잘게 자른 키위를 집어넣어 먹으려던 참이었다.

"글쎄 오늘 통역을 맡은 후나 선생이 쓰러졌단다. 지난번에 보니까 다이어트한다고 밥을 새 모이처럼 조금 먹더니 그게 원인인 것 같아⋯⋯."

전화는 아버지가 받았고 지시도 아버지가 내려야 하는데 엄마는 이미 통역자의 병인까지 추리해 내고 있었다.

나더러 통역을 하라고? 하는 얼굴로 아버지 쪽을 바라보았다. 아버지는 얇은 햄을 끼운 빵을 입 속으로 밀어 넣으며 내 시선을 피했다. 아빠, 나 일본 말, 얼마나 하기 싫어하는지 아시잖아요. 엄마만 아니었다면, 아침만 아니었다면 아마 나는 말했을지도 모른다. 그때 난데없이 이노카시라 공원의 벚꽃이 일제히 떨어지던 기억이 났다.

눈보라처럼, 부드러운 눈보라처럼, 그 부드러움으로 길을 잃게 만들었던 베이비파우더 빛깔의 부드러운 흰빛들. 나로서도 난데없는 기억이었다. 감기의 첫 징후처럼 코끝이 약간 매웠다. 이건 별로 좋지 않은 징조였다. 내가 잠시 접시에 든 하얀 플레인 요구르트를 휘저으며 아찔해하자 엄마가 또 한마디 거들었다.

"거봐, 너도 다이어트한다고 매일 밥도 안 먹고 뛰기만 하니까…… 큰일이다."

"말하지 않은 지 칠 년이야. 싫어."

나는 겨우 입을 열었다.

"오늘만이다."

내 말을 자르며 아버지는 그렇게 말하고 식탁에서 일어났다.

오늘만이라는데, 통역자가 쓰러졌다는데, 왜 무리한 다이어트를 했느냐고 따질 수도 없었다. 민준과의 저녁 약속을 취소해야겠다는 생각이 먼저 들었다. 방으로 돌아온 나는 메일로 간단하게 사연을 알리려고 내 아이디를 입력했다. 나우 리그렛. 민준이 물었다.

"네 아이디 무슨 뜻이야? 지금 후회한다는 의미야?"

그런가? 하며 나는 휘파람을 부는 척했다. 후회하니? 하고 누가 물을까 봐 겁이 났었나 보다. 약속을 다음 날로 연기하자는 메일을 쓰고 일어나 옷장을 열었다. 지희의 말처럼 옷장 안은 온통 무채색 옷들로 가득했고 그 밑바닥에 연둣빛 트레이닝복이 홀로 놓여 있었다.

2

나는 검정 계통의 바지 정장을 입고 집을 나섰다. 날은 아주 추웠다. 막 퍼지는 햇살 아래 누워 있던 번개가 내 기척에 조용히 눈을 뜨다가 감았다. 추위에 강한 털, 잘 말려 올라간 꼬리, 힘 있게 서 있는 귀. 시베리아에서 썰매를 끄는 러시아 개처럼 번개도 눈과 비와 바람을 견딜 수 있는 치밀한 속털을 가지고 있는 풍산개였다. 칠 년 만에 내가 돌아왔을 때 진돗개 미루 대신 우리 마당을 차지한 번개에게 나는 아직 곁을 주지 않고 있었다.

주차장까지 짧은 거리를 걸어갔을 뿐인데도 벌써 코가 매웠다. 얼음덩어리 같은 내 차에 올라탔을 때 다시금 오한처럼 아찔한 기억들이 몰려들었다. 이건 좋지 않은 징조였다. 칠 년 만에 일본어를 쓴다는 것이 내게 이렇게 많은 생각을 한꺼번에 가져다 줄 줄은 몰랐던 것이다. 내 마음속에는 오래된 호리병이 하나 놓여 있다. 그 호리병 속에는 머리카락이 싱싱한 스물두 살의 베니라는 이름의 한 여자가 살고 있을 것이다. 살고 있을 거라고 말하는 까닭은 내가 아직 그 뚜껑을 한 번도 열어 보지 못했기 때문이다. 아마 여자는 오래된 동화의 거인처럼 처음에는 뚜껑을 열어 주는 사람을 위해 무슨 일이라도 하려고 했겠지만 지금은 뚜껑을 여는 사람을 파괴해 버릴 결심을 하고 있는지도 모른다.

"김포예요, 인천이 아니라. 나리타가 아니라 하네다에서 오시니까."

일본 소설을 담당하고 있는 이연희 과장이 말했다.

"그 작가 이름이 뭐예요?"

내가 심드렁하게 묻자 이연희 과장은 사사에 히카리예요, 하더니 웃으며 말했다.

"전 처음에 이름이 예뻐서 여자인 줄 알았어요. 그런데 실은 얼굴도 예뻐요. 남자치고 그렇다고요."

사사에 히카리.『한국의 친구, 일본의 친구』라는 작품으로 일본의 N문학상 수상……. 나는 기획안을 대충 훑으며 간단하게 샌드위치로 점심을 때우고 밴에 올라탔다. 겨울 한강은 아름다웠다. 물빛은 하늘을 따라 푸르르고 간간이 커다란 날개를 펴고 낙하하는 겨울새들이 보였다. 이렇게 길고 넓은 강을 따라 공항으로 가는 길은 떠나는 사람에게나, 돌아오는 사람에게나, 누군가를 보내는 사람에게나, 누군가를 맞이하는 사람에게나, 모두 생각할 거리를 준다. 가깝거나 먼 어떤 거리를. 만일 비행기가 인천으로 내린다면 이 강이 다다르고야 마는 바다까지 볼 텐데 싶어 조금 아쉬운 마음도 있었다.

문득 칠 년 전 도쿄를 떠나 김포에 내렸을 때 생각이 났다. 뜻밖에도 동생 록이와 민준이 마중 나와 있었다. 록이보다 나를 먼저 발견한 민준은 꽃다발을 내밀며 홍, 무사 귀환을 축하해, 했다. 그의 목소리는 늘 경쾌한 미였다. 미, 파, 솔의 건반만 있다면 그의 목소리를 다 묘사해 낼 수가 있다. 화가 났을 때는 낮은 옥타브의 라나 솔이 된다. 홍이라고 명랑한 발음으로 나를 맞는 민준을 똑바로 바라볼 수가 없었다. 그리고 그 민준의 얼굴은 그로부터 육 개월 후, 대체 일본에서 무슨 일이 있었던 거니, 라고 묻던 얼굴과 언제나 겹쳐진다. 속이려고 했던 것은 아니야, 라고 내가 말을 꺼냈을 때, 그가 지은 그 참담한 표정도 나는 기억하고 있다. 내가 한참 동안 입술을 깨물고 있다가 대답하자, 그가 말했었다.

"대답하지 말지 그랬니."

우리가 그러니까, 결혼하기로 약속한 애인이었던 것은 아니잖아, 라고 물을 수도 없었다. 그 후 그가 홀연히 미국으로 떠나 버렸을 때, 거기서 어떤 여자와 약혼을 할 거라고 엄마가 한숨을 쉬며 내게 소식을 전할 때도 나는 그 생각을 했었다.

오 년 후 다시 돌아온 민준은 미국에서 한 약혼은 취소되었다고 말했다. 무엇 때문인 줄 아니, 하고 그가 물을까 봐 나는 무서웠다. 늦은 저녁 우리 집 앞까지 나를 데려다주면서 그는 손을 내밀어 내게 악수를 청했다. 그의 손을 다시 잡아야 할지 말아야 할지 망설이는 나에게 그는 좋은 친구로서, 라고 말했다. 나는 그가 미국에서 약혼을 파기한 일이 속상했고 또 고마웠다. 그 모순된 감정을 어떻게 설명해야 하는지 알 수 없었다. 우리 집에서는 모두 민준을 아주 어릴 때부터 그냥 준이라고 불렀다. 나도 그랬다. 그러나 그날 이후 나는 그의 이름을 부르는 일을 피해 왔다. '준'이라는 글자를 차마 내 입으로 호칭할

수 없는 듯했고 그렇게 하고 싶지 않았다. 내가 준, 하고 입을
떼면 그가 아무리 먼 데 있어도 내 목소리를 들어 버릴 것만 같
았다.

　아니다. 이런 생각은 그만해야 했다.

3

차가 거의 공항에 다다랐을 때 전화벨이 울렸다. 발신자는 민준이었다.

"홍, 나야."

그는 여느 때처럼 내 이름을 장난스레 불렀다. '홍'이라는 외자로 불리면 '홍이'라고 불릴 때와는 달리 중성적인 느낌이 있다. 나는 내 이름을 그리 좋아하지는 않지만 민준이 나를 홍하고 부를 때의 그 경쾌함은 분명 좋아하고 있었다. 복잡해지지 않고 서로 끌어당기거나 밀어내야만 하는 피곤함 같은 것이 거기에는 없었기 때문이다.

"오늘 일본에서 작가가 온다면서? 방금 기획 회의 끝내고 나우 리그렛 씨가 보낸 메일을 확인했어."

'어떻게 일본 남자를. 다른 사람도 아니고, 네가……'

민준의 떨리던 목소리가 오늘 그의 경쾌한 목소리에 겹쳐져 들리는 듯했다.

"오늘만이야. 통역하는 사람이 쓰러졌대. 저녁 약속은 지키지 못할 거 같아."

내가 출판 일로 일본인을 백 명쯤 만난다 해도 민준에게 부끄러울 일은 없었다. 그런데 나는 또 이렇게 대답해 버리고 만 것이다. 오늘만이라고. 그러자 내가 어제 고른 트레이닝복의 연둣빛이, 기우는 오후의 노란 햇살처럼 따사로이 차 안으로 밀려드는 환영이 느껴졌다. 어쩌자고 그런 화사한 빛깔을 고르고 말았지 하는 생각이 밀려왔다.

비행기가 도착하려면 시간이 조금 남아 있었다. 이연희 과장과 나는 커피를 테이크아웃하여 한 잔씩 들고 서 있었다. 유리창 밖으로 보이는 오후의 하늘은 맑았다.

"실장님이 통역을 하실 정도로 일본어를 잘하시는 줄 몰랐어요. 연수 가셨던 거예요?"

이연희 과장이 딱히 할 말도 없다는 듯 말을 꺼냈다. 나는 그냥 고개를 끄덕였다.

"전 일 년이나 학원을 다녔는데도 아직도 막상 일본 사람 앞에 서면 말이 잘 안 나와요. 워낙 어학에 재능이 있으신가 봐요."

이연희 과장은 오늘따라 나의 일본어 실력에 대해 집요하다. 아니, 오늘따라라는 것은 어디까지나 내 생각일 것이다.

"아니에요. 내가 처음 일본에 갔을 땐, 말을 알아들을 수도 할 수도 없었어요. 그래서 우선 낯익은 맥도널드에 들어갔죠. 춥고 배고파서 커피랑 빵을 먹으려던 참이었거든요. 그래서 묻는 말에 하이, 하이, 우리말로 네, 네, 대답했더니 내 손에 커다란 빅맥이 놓여 있지 않겠어요? 이걸 어떻게 다 먹나 싶었지만 어떻게 하겠어요. 그냥 고맙습니다, 하고 나왔죠. 그리고 그 앞에 있는 공원에 앉아 혼자서 그걸 먹는데, 주변의 노숙자들이 다 쳐다보고 있는 거예요. 다음 날 다시 맥도널드에 가서 이번에는 실패하지 않으리라 다짐하고 묻는 말에 어제와는 반대로 이이에, 이이에, 우리말로 아니요, 아니요, 했죠. 근데 내 손에 또 빅맥이 들려 있는 거예요."

이연희 과장이 까르르 웃었다. 나도 웃었다.

"그 노숙자들한테 좀 나누어 주지 그러셨어요? 근데 어느 공원이었어요? 도쿄?"

그건 이노카시라라고, 우리말로 치면 우물의 머리라는 뜻의 이름을 가진 아름답고 아기자기한 공원이었다고, 선배 언니가 출산 때문에 한국으로 간 바람에 집이 비어 무작정 살게 되었는데 뜻밖에도 도쿄에서 가장 아름다운 곳 중 하나였다고 대답하려는 순간 어디선가 낯익은 피아노 선율 같은 것이 들려왔다. 물론 내 머릿속에서 울리는 환청이었다. 떠리리리리 라라 라라…… 그걸 무엇이라고 설명할 수 있을까. 이노카시라 공원 호수 위로 떨어지는 빗방울 소리 같기도 하고, 사슴 떼가 야트막한 언덕을 빠르게 질주하는 소리 같기도 하다. 나는 잠시 내 환청을 믿지 못한 채로 서 있었다. 이 소리는 그와 아침마다 듣던 피아노 소리, 그의 어머니가 연주회에서 치던 피아노 소리였다. 그는 내 손을 잡고 자신의 어머니 앞으로 다가갔었다. 언제나 부드럽던 그의 손이 그렇게 억세게 느껴졌던 것은 그때가 처음이었다. 그리고 나는 그 후로 오래도록 그가 내 곁으로 다가오는 순간에는 이 환청을 들었다. 누구에게도 말해 본 적 없고 말한다 한들 누구도 믿어 주지 않아 나 혼자 우스워지고 말겠지만, 누구에게든 하나쯤은 있는 징크스라고나 할까. 소리의 기미를 알아챈 내 심장이 뛰기 시작했다. 아직도 그 사람의 기억을 간직하고 있는 심장을 나무랄 수 없었다.

"사사에 선생님께서 저기 오시네요."

이연희 과장이 꽃다발을 들고 앞으로 몇 걸음 다가서며 나를 돌아보았다. 나는 고개를 들었다.

4

누가 무어라 하든 말든 나는 운명이라는 것이 있다고 믿는
사람이었다. 기적도 있고, 우연을 가장한 필연은 정말 있으며,
진심으로 간절히 원하면 풍요로운 우주의 선이 나를 도와줄
거라는 열렬하고 턱없는 신앙을 가진 사람이었다. 그런데 눈
앞에 그가 걸어오고 있었다. 마치 벚꽃이 날리던 그 봄날에 성
큼성큼 걸어와 떨어진 소년 인형을 주워 주던 그 모습 그대로.
아니, 그 모습 그대로라는 말이 과연 합당할까. 형편없이 말랐
던 그때보다 살이 조금 올라 있었고 얼굴은 조금 까칠해져 있

었다.

그 호숫가 나무다리 위에서 처음 그를 보았을 때, 왜 그렇게 가슴이 철렁했는지 나는 아직까지 설명해 내지 못하고 있었다. 다만 만 년 동안 고독하게 얼음 바다에 떠 있던 빙하 생각을 했다. 그리고 무척 낯익은 느낌이 밀려왔었다. 그 느낌은 조수처럼 부드러운 것이었지만, 또한 대양의 해류처럼 막을 수 없는 종류의 것이었다. 그의 눈에는 오래된 빙하가 잘려 나간 것 같은 차가움이 어려 있었으며, 그 단면 맨 위층에는 그것을 위장하려는 무표정이, 그다음 층에는 아프리카 초원의 한 귀퉁이에서 혼자 먹이를 찾아 어슬렁거리는 날씬한 맹수의 슬픈 빛이, 그리고 맨 아래에는 스스로 폭발해 버리고야 말겠다는 터무니없는 의지가 곁들여진 에너지가 이글거리고 있었다. 말로 하자면 케이크의 단면 같은 복잡한 느낌을 나는 일 초도 안 되는 사이에 다 느껴 버렸다. 아니, 느꼈다기보다는 날아오는 공을 얼결에 받아 버린 얼치기 외야수 같은 형국이라고나 할까. 그리고 그가 내 인생 속으로 뚜벅뚜벅 걸어 들어오는 것을 속수무책으로 바라보았다. 아마 머릿속으로는 일 초도 안 되는 그 시간 동안 안 돼, 라거나 그 사람은 일본인이야, 라거나 앞으로의 내 인생은 이제까지와는 다르겠구나, 하는 생각들이 함께 스쳐 갔을 것이다. 빤히 바라보는 내 눈길이 어색한 듯 그때 그는 잠시 눈길을 어디다 둘지 몰라 했다. 귀여운 개구쟁이 같은 표정이었다. 나는 아직 머릿결이 싱싱한 스물둘이었다. 그의 개구쟁이 같은 표정 때문에 이 모든 생각은 사라지고 나역시 얼굴이 조금 붉어졌던 것 같다.

"와아, 내가 떨고 있네."

어떤 남자 앞에서도 떨어 본 적이 없던 내가, 남자아이들과 달리기를 하고는 그들의 머리통을 사정없이 쥐어박던 내가, 스물두 해 만에 어떤 남자 앞에서 처음으로 떨고 있었다. 그리고 그 이후로 나는 어떤 남자 앞에서도 다시는 그처럼 떨리지 않았다.

이연희 과장이 나를 툭 쳤다. 사사에 선생님이라고 말해야 하는데 나는 그만 아오키 씨, 하고 말해 버렸다. 그가 믿을 수 없다는 표정으로 다시 한번 나를 바라보았다. 나보다 먼저 그를 알아본 내 입술을 나무라고 싶었지만 소용없는 일이었다. 윤오라고 하지 않은 것만으로도 감사할 일이었는지 모른다.

"실례했습니다. 사사에 선생님, 한국에 오신 걸 환영합니다."

그리고 대체 무슨 일이 일어났는지 나는 다 기억할 수 없다. 주차장 쪽으로 가기 위해 유리문을 밀었을 때 내 얼굴로 쏟아지던 차디찬 겨울 공기에 정신이 좀 드는 기분이었다.

"보라고, 윤오. 이 정도는 추운 게 아니야. 한국에서는 겨울에 말하지 않고 있어도 하얀 입김이 끓는 주전자에서 나오는 것처럼 뿜어져 나온다니까……."

겨울밤, 추위에 떨며 아르바이트를 마치고 돌아오던 그에게 한 말이 왜 이런 순간에 앞뒤도 없이 누구에게 도움이 된다고 떠오른단 말인가. 그가 처음 내게 입술을 가져다 대던 그 순간과 우리가 헤어지기 전, 입을 꾹 다문 채 그저 나를 바라만 보던 그의 마지막 눈동자가 이 난데없는 재회의 자리에서 떠오르면 대체 어쩌자는 것인가.

할아버지는 말하곤 했었다.

"세상에는 두 가지 종류의 사람이 있단다. 기적은 없다고 믿는 부류의 사람들과 결국 모든 게 기적이라고 믿는 부류의 사람들."

"그게 그거 아니에요?"

내가 물으면 할아버지는 그런가, 하면서 웃었다. 나처럼 기적이 있다고 굳게 믿는 인간들이, 이런 기적에 가까운 일 앞에서 오히려 멍청해지는 것은 너무나 당연했다. 기적은 거의 일어나지 않아야 기적인데, 나한테서 일어난다면 그게 무엇이든 기적일 수가 없는 것이니까 말이다. 울음이 나올 것 같기도 하고 동시에 웃음이 터져 나올 것 같기도 했다. 나는 더욱더 부자연스러워지고 굳어지고 있었다. 그제야 조금 전 「비창」의 첫 음절이 내 귀에 맴돌았던 이유가 떠올랐다. 그가 왔다. 그가 정말로 내 앞에 나타난 것이다.

5

이런 만남을 어떤 종류의 것이라고 말해야 할지 나는 알 수 없었다. 아니, 꼭 이런 만남을 어떤 종류라고 정의해야 하나? 준고는 언제나 내가 이런 걸까 저런 걸까, 그건 대체 무슨 의밀까, 하고 조잘거리며 턱을 괴고 있으면 약간 갈색을 띤 그 특유의 눈동자로 나를 물끄러미 바라보곤 했다. 그가 나의 연인이었을까. 그럴 때 나를 바라보는 그의 얼굴에는 귀여워 못 견디겠는 듯, 어린아이를 바라보는 엄마와 같은 표정이 있었다. 맙소사, 칠 년이라는 세월이, 그토록 안간힘을 쓰며 버텼던 그 세월이 지나가기나 한 것인지 나는 믿을 수가 없었다. 시간이 종이처럼 딱 접혀 버리는 것 같았다. 호숫가에서 그를 발견하고 숨이 턱에 차게 뛰어가던 그날로 나는 어떤 경계도 없이 되돌아갈 것만 같았다.

나는 대기하고 있던 밴에 올라탔다. 이연희 과장이 나의 태도에 당황하고 있었다. 이건 확실히 무례하고 좋지 않은 태도였다. 하지만 이연희 과장을 신경 쓸 만한 여유가 내겐 없었다. 그가 올라타자 차는 공항을 출발했다.

우리는 뒷자리에 나란히 앉아 있었다. 그와 나 사이에는 차가 급회전을 할 때 아차 하면 서로 어깨가 닿을 만큼의 거리가 있다. 아차 하면 닿을 수 있으나 우리 두 사람 다 서로에게 닿지 않을 것을 안다. 우리는 이제 예전의 우리가 아니기 때문이다. 나는 창밖을 바라보았다. 늘 낯익었던 풍경은 유화가 번진 것처럼 뭉쳐 있다. 바라보지 않았지만 나는 그가 나를 보고 있음을 안다. 놀라워하고 있다는 것도 안다. 그도 묻고 싶을 것이다. 대체 이게 무슨 일일까, 하고. 하지만 그는 언제나처럼 말을 아낄 것이다. 그냥 축하합니다, 결국 당신은 해냈군요, 라고 말해 주고도 싶었다. 평소의 최흥이라면 그랬을 것이다. 나 자신을 천 번쯤 납득시킨 얼굴로, 눈물 같은 건 꾹 참고 사사에 선생님,

여기가 한강이에요, 저 멀리 보이는 것은 북한산이에요, 인수봉의 이마가 희고 아름답지요? 저는 서울에서 태어났는데 서울만큼 큰 강과 웅장한 산을 가진 대도시를 본 적이 없어요, 라고 씩씩한 한국 여자로서 일본 작가인 그에게 말을 할 수도 있을 것이다.

다이조부? 하고 그가 물었던 호숫가가 내 눈앞으로 떠올랐다. 작고 무수한 동그라미를 그리며 빗방울이 떨어지고 있었다. 괜찮으냐는 그 말의 뉘앙스에 이상한 위안이 깃들어 있었다. 그의 목소리는 우산 위로 떨어지는 빗방울 소리보다 부드러웠다. 정말 걱정스럽다는 듯이, 다이조우부우? 말꼬리를 친절하게 올리며 그는 취한 내 얼굴 위로 우산을 건네며 물었다. 빗방울 소리가 들려오기 시작했다. 그 작은 우산 속에 우리 두 사람의 얼굴이 들어가자, 나는 문득 집에 돌아온 듯한 안온함을 느꼈었다.

"변하지 않는 사랑이 있다는 걸 믿어요?"

왜 그에게 그런 말을 꺼냈을까. 왜 그에게, 일본인이고 몇 번 마주친 적도 없는 그에게 나는 그런 말을 꺼냈을까. 그가 그렇다고 하면 그런 거고, 그가 그렇지 않다고 하면 변하지 않는 사랑이 이 세상 어딘가에 존재하고 있다가 그의 말 한마디에 사라지기라도 할 거라고 나는 믿었을까?

"다이조부."

나는 대답했었다. 우리말로 한자를 읽으면 대장부大丈夫라고 번역되는 그 말. 대장부도 아니면서 나는 대장부처럼 씩씩하게 괜찮다고 대답했었다. 실은 하나도 괜찮지 않았는데, 실은 외롭고, 허무하고 그래서 죽을 것만 같았는데, 실은 누구의 옷자락이라도 움켜쥐고 날 좀 어디론가 데려가 줄래요, 라고 그렇게 말하지 않으면 안 될 것 같았는데…….

그날 오후에 나는 서울에서 전화를 한 통 받았다. 록이는 울고 있었다.

"언니, 아버지가 집을 나가셨어. 이혼하실 것 같아. 엄마가 이번에 그냥 이혼하겠다고 하셔. 난 누구 편을 들어야 하는 거지? 엄마도 불쌍하고 아빠도 이해는 돼."

그러나 그가 아오키에서 사사에로 변해 있듯이 나도 변해 있었다. 말괄량이 베니에서 이제는 최홍 기획실장으로, 스물둘에서 스물아홉으로. 변하지 않는 사랑을 믿느냐는 질문을 하던 여자에서 그런 말 같은 건 꺼내지 않는 여자로. 아니 변하지 않은 것도 있었다. 나는 최씨에 곱슬머리에 옥니를 가진 여자였다. 내 동생은 최씨에 곱슬머리에 옥니에다 말띠이기까지

하다. 우리는 한국에서 여자들이 가지고 있으면 불편한 고집과 배짱 같은 것들을 가지고 있는 자매였다.

"민준 오빠가 불쌍해."

동생 록이는 가끔 내게 그렇게 말했다. 그가 왔어, 라고 내가 말하면 록이는 뭐라고 대답할까. 나는 그게 무서웠다. 두 살 아래의 동생이긴 하지만 록이는 언제나 나보다 어른스러웠다.

"내가 언니였다면 나는 지난 일 같은 건 그냥 아름답게 간직해 버리고 말 거야. 노래방 같은 데서 노래 부를 때만 조금 생각하고 나머지는 다 잊어버릴 거라고."

"잊는다고?"

내가 물었을 때 록이는 맥주잔을 들다 말고 나를 빤히 바라보며 말했다.

"그래, 잊는 거, 잊어버리는 거 말이야."

잊는다는 건 꿈에도 생각해 본 일이 없었다. 내가 잊으려고 했던 것은 그가 아니라, 그를 사랑했던 나 자신이었다. 그토록 겁 없이 달려가던 나였다. 스물두 살, 사랑한다면 그가 일본인이든 중국인이든 아프리카인이든 아무 상관이 없다고 믿었던, 사랑한다면 함께 무엇이든 이야기하고 나누고 비밀이 없어야 한다고 믿었던 스물두 살의 베니였다. 그를 만나지 못해도, 영영 다시는 내 눈앞에 보지 못한다 해도, 잊을 수 없다는 것을 나는 알고 있었기 때문이다. 그래서 나는 그때 그를 떠날 수 있었는지도 모른다.

6

차가 신라호텔에 도착했다. 해는 기울고 있었다. 그가 잠깐 머뭇거리더니 방에 올라갔다가 내려와도 되겠느냐고 물었다. 기자와 약속한 시간이 삼십 분 정도 남아 있었다. 엘리베이터에 타기 전, 문이 열리자 그가 나를 돌아보았다. 나는 완강하게 눈길을 내리깔았다. 아니야, 라고 말하고 싶었던 거였다. 뭐가? 라고 누군가 물으면 할 말은 없었다. 무엇이 아닌지, 나도 알 수는 없었다. 그런데 나는 말하고 싶었다. 될 수 있으면 온몸으로 말하고 싶었다. 아니야, 아니야, 라고.

그가 방으로 올라가고 이연희 과장과 나는 로비에 앉았다. 진한 슬로진이라도 한 잔 마시고 싶었지만 이연희 과장을 따라 커피를 시켰다. 이연희 과장이 모든 것을 눈치챈 것은 아닐까 하는 터무니없는 생각이 들었다. 그러나 이연희 과장은 기자가 오나 좀 나가 보고 올게요, 하더니 자리에서 일어섰다. 사람들은 사실 우리 생각보다 남의 일에 관심이 없다. 나도 그걸 알고 있었다. 그럼에도 나는 왠지 모를 수치심과 불안감으로 떨고 있었다.

나는 커피를 한 모금 마셨다. 창밖에는 잎을 모두 떨군 나무들이 하얗게 줄지어 서 있었다. 석양 때문인지 그 나무들에 이상스러운 노란빛이 어리고 있었다. 남산의 전형적인 겨울 풍경이 창밖으로 펼쳐져 있었다. 그도 방으로 올라가 이 풍경을 보고 있을까. 어쩌면 새로이 사귀는 연인에게 전화를 할지도 모른다. 그에게는 여자가 늘 많았다. 칸나라는 여자도 있었다. 내가 그의 옆에 서 있는데도 당당하게 준고 앞에서 사랑한다고 말하던 여자.

"칸나라는, 새빨갛게 느껴지는 그 이름이 싫어."

나는 퉁명스레 말하곤 했다. 준고는 이제 누군가를 다시 사랑하고 있을까. 아마도 그럴 것이었다. 교토 사가노 대나무숲에서 나누었던 입맞춤을 잊었을까. 아마도 그럴 것이었다. 우리가 그의 작은 침대에서 껴안고 잠들었던 밤들을 잊었을까. 아마도 그럴 것이었다. 그러고는 벚꽃 잎이 떨어지는 저녁 그 호숫가에서 어떤 여자의 손을 부드럽게 잡고 천천히 걸어가겠지. 그리고 그 옛날 내게 했듯이 가끔 멈추어 서서 부드러운 눈길로 얼굴을 바라보며, 네 빛나는 눈이 참 예뻐, 하고 말하겠지. 어처구니없게도 그때처럼 가슴이 아파 왔다. 그때 나는 그의 곁에 있는 모든 여자를 질투했었다. 칸나라는 여자는 물론이고, 그가 아르바이트하는 곳에 있던 뚱뚱한 아주머니까지. 공원을 걷다가 그가 일으켜 세워 주었던, 넘어진 열 살짜리 꼬마 아이까지. 그게 누구든 그가 나 이외의 모든 여자에게는 찡그린 표정만 보여 주었으면 했던 것이다. 그게 터무니 있든 없든 그랬다. 나는 그의 호주머니 속에 들어가 살고 싶었다. 그의 호주머니 속에 들어가 그가 가는 곳이면 어디든 따라가고 싶었다. 가끔 그의 손이 내가 살고 있는 호주머니 속으로 들어오면 그의 손가락을 만지작거리며 잠들고 싶었다. 어릴 때 피아노 뚜껑을 덮어 버려서 흉터가 남은 그의 손가락에 내 얼굴을 대고 싶었다.

"그건 사랑이 아니라 스토킹이야, 집착일 뿐이라고."

나중에 내가 그 이야기를 해주자 친구 지희가 말했었다.

집에 가고 싶었다. 어서 집으로 가서 찬물에 세수를 하고 어제 산 연둣빛 트레이닝복을 입고 호숫가를 뛰고 싶었다. 이 추운 겨울날 아무도 없는 호숫가를 뛰고 있으면 생각은 차창 밖의 풍경처럼 내게 다가왔다가 혼자서 뒤로 사라져 간다. 달리기를 한다는 것은 내 인생의 전부나 마찬가지다. 아마 그때 그 시절로 다시 돌아가 준고를 사랑할래, 더 뛸래, 라고 누군가 묻는다면 나는 쉽게 대답하지 못할 것이다. 그렇게 묻는 사람은 없었지만 이노카시라 공원 주변을 달리면서 나는 그런 생각을 했었다. 준고는 가끔 내게 물었다.

"왜 그렇게 달리는 거지?"

준고가 이리로 다가오고 있다. 벌써 삼십 분이 지났던가. 그는 조금 살이 올라 있었다. 아직도 다른 사람들에 비해 마른 체형이었지만 자신이 원하는 것을 하나쯤 성취한 자 특유의 자신감으로 어깨를 쫙 편 듯이 느껴졌다. 언제나 나를 지나 마치 투명한 유리창 너머를 바라보듯 먼 곳을 바라보고 있는 것만 같던 눈동자는 한 곳에 초첨을 모으고 있다.

"후회하고 있니?"

민준은 가끔 그렇게 물었다. 미안해, 하고 나는 대답하고 싶었다. 안 돼, 노력했는데 안 돼, 라고 말할 수는 없었다.

'말이야, 두꺼비집이 닫히는 것처럼, 물기 묻은 전원에 스위치가 자동으로 차단되는 것처럼, 사랑 같은 거, 호감 같은 거, 느끼려는 순간 철컥하고 스위치가 내려져. 나도 어쩔 수가 없어. 일부러 그러는 건 아니야. 그런데 그 이후에는 아무것도 느낄 수가 없어. 아무리 그러지 않으려고 해도 아무것도 느껴지지가 않아. 감정이 암전된 것만 같아.'

"그런 건 미안하다고 말하는 게 아니야."

민준은 그렇게 말했다. 준고는 내 곁으로 다가와 앉았다. 내 곁에, 공원 입구 꼬치구이집의 자욱한 연기 속에서 내게 다가왔던 것처럼 그렇게. 어느덧 이연희 과장의 곁으로 낯익은 기자의 얼굴이 보였다.

「비창」이 멈추고 취재가 끝났을 때 나는 일어나 밖으로 나왔다. 찬바람이 뺨을 할퀴고 지나가는 것처럼 느껴졌다.

"왜 아침이면 꼭 이 음악이야?"

나는 그에게 물었었다. 그는 아침에 일어나면 커피메이커에 물을 부어 놓고 커피를 마시기 전에 이 음악부터 틀었다. 내가 잠에서 깨어나는 것은 그즈음이었다. 그는 아직도 졸려하는 내가 누워 있는 침대 곁으로 다가와서 이마에 입을 맞추었다. 따뜻한 침대에서 일어나기 싫은 내게 그의 입술은 부드럽고 따뜻했다. 가끔 나는 그런 그를 침대로 끌어당기며 애원했었다.

"조금만, 더 가까이 그냥 이렇게."

나는 어린 시절 할아버지 외에는 누구에게도 해본 적이 없는 어리광을 부리며 말했다. 그 앞에 서면 이 세상 누군가의 앞에 설 때보다 그냥 나였다. 아버지 앞이나 어머니 앞이나 동생 록이 그리고 민준이 앞에 서면 써야 했던 어떤 가면을 나는 그 앞에서는 쓸 필요가 없었다. 그러면 그는 가끔 내 볼을 꼬집으며 침대 속으로 들어와 나를 안아 주었다. 나는 오늘 하루 쉬면 안 돼? 하면서 그를 부둥켜안았다.

그는 부지런했다. 그가 아무것도 안 하고 있는 것을 나는 본 적이 없었다. 나중에 생각한 일이지만 그는 무언가를 하지 않으면 슬픔이라는 점령군에게 마음의 영토를 다 빼앗길까 봐 두려워하고 있던 것도 같았다.

"음악은 좋은데 제목이 싫어. 비창이라는 일본어는 우리말로 하면 슬프다는 거잖아. 나는 우리들의 아침이 슬픈 음악으로 시작되는 게 싫다고."

나는 하필이면 오늘 그런 곡을 연주하는 피아니스트에게 화가 나기 시작했다. 삼류 영화에나 나올 각본이 아닌가. 대체 저 빌어먹을 피아노곡이 내 인생에 어떤 의미인지 그는 도무지 모를 것이지만 그래도 화가 나는 건 나는 거였다. 바로 이 젊은 작가가 자기 자신이 갈라놓은 딸의 연인이었다는 사실을 모르고 그를 초청한 아버지의 무심함에도 화가 났고, 소설가가 된 그에게도 화가 났다. 적어도 그는 한국으로 올 때 나를 만날 확률이 몇만 분의 일이라도 있을 거라고 생각했을 것 아닌가. 아무것도 모르고 있었던 것은 나뿐인 것 같아 통역을 하는 일이 몹시 힘들었다. 칠 년 동안 한 번도 잊은 적이 없는 한국 친구가 있다는 말을 내 입으로 통역할 때, 내 입술은 경련을 일으키고 있었다. 그가 그런 내 입술을 바라보고 있다는 것도 알았다. 사사에 히카리가 나라는 걸 알았느냐고 나직한 목소리로 그가 물었을 때 나는 결국 더 참을 수가 없는 기분이었지만, 내일출판사의 창업자가 바로 우리 할아버지세요, 라고 냉정하게 말해 주었다. 네가 사사에 히카리라는 소설가가 되어 한국에 온다는 걸 알았다면 내가 너를 마중하러 방실거리며 공항으로 나올 거 같니? 그렇게도 날 몰랐니? 이렇게 쏘아붙여 주고 싶었지만 언제나처럼 말다툼은 나의 일방적인 패배로 끝나 버릴 것이 분명했다. 말이라는 것은 부질없다고, 그래서 글을 쓴다고 그는 대답하고 말 것이기 때문이었다.

아까 박 기사에게 부탁해 출판사에서 내 차를 가져오도록 했으므로 나는 벨보이가 가져다주는 차에 올라탔다. 오늘만이야, 라는 그 오늘은 이제 끝났으므로 나는 다시 혼자가 되는 것이다. 혼자라는 사실에 그가 내 곁에 없다는 사실에 이렇게 안도감이 드는 일이 칠 년 전에 일어났더라면, 내가 더 일찍 혼자 있는 법을 알았더라면, 그가 조금만 더 나를 이해하려고 했었더라면, 그날 내가 그에게 그렇게 소리치지 않았더라면 그래도 우리는 오늘 이렇게 마주 앉아 있었을까.

겨울밤은 일찍 이 남산에 내려앉아서 사위는 어두웠다. 호텔 쪽 건너편 면세점 근처에 불빛들이 영롱한 것을 보며 나는 시동을 걸었다. 그때 내 시야에 누군가의 실루엣이 차를 가로막는 것이 보였다. 검은 가죽 재킷을 입은 그는 얼핏 커다란 사슴같이도 보였다.

그와 헤어져 일본에서 돌아온 이후 나는 어딘가에 몰두하지 않으면 나 자신을 파괴해 버릴 것만 같은 두려움에 시달렸다. 꿈속에서 그의 품에 안기는 일은 그 후로도 이 년 넘게 계속되었다. 나는 그를 잊었다고 생각했는데 뇌의 어느 곳에서는 내가 그와 헤어졌다는 사실을 인정하지 못하고 있다니 기가 막혔다.

　일본에서 돌아와 보니 할아버지는 뇌일혈로 쓰러지셨다가 겨우 회복해서 고향인 서귀포로 내려가시고, 할아버지가 물려

주셨던 아버지의 빌딩은 은행으로 넘어갔고, 우리가 살던 집은 출판사로 변해 있었다. 아버지는 서울 근교 분당의 저수지 근처에 겨우 집을 구했다고 했다. 아마도 그건 민준이 할아버지인 이 변호사님의 덕택인 거 같다고 록이가 내게 귀띔했다.

행복은 알 듯 모를 듯 하나씩 오지만 불행은 떼를 지어 다닌다는 서양의 격언이 떠올랐다. 내 편으로 말하면 그것이 왠지 다행스럽게마저 생각되었다. 하나씩 왔다면 나는 견디지 못했을지 모르니까. 한 가지 불행으로 한 가지 불행을 잊고, 이것이 견디기 힘들면 저 불행을 생각하고, 그것도 힘이 들면 불행들이 서로 제가 더 불행한 거라고 싸우는 꼴을 우두커니 지켜보면 되니까.

"우린 가난해진 거야."

평생 가난을 모르던 엄마는 우울증에 걸린 듯 말이 없어져 갔고, 아버지는 점점 더 집 밖으로 떠돌았다.

록이와 나는 가끔 호숫가로 나와 소주를 마셨다.

"하필이면 또 호숫가야. 록아, 내 이름이 말이야, 혹시 홍이가 아니라 호湖 아닐까?"

아무것도 모르는 록이에게 그렇게 말하고 나는 소주로 더워진 뺨을 문지르고는 그 호숫가를 떴었다. 가끔은 속이 상한

43

록이도 내 뒤를 따라 뛰었다.

"그러면 내 이름은 록이가 아니라, 로路일 거야. 나는 세상 모든 길을 가 보고 싶어."

세계 일주를 하고 싶어 하는 록이와 나는 그렇게 숨차게 달려갔다. 그러면 잠들 수 있었다. 그런 날은 꿈도 꾸지 않았다. 내 발바닥에 물집이 여러 번 잡히고 그 투명한 물집에 무명실을 꿰면서, 괜찮아 홍, 괜찮아 홍, 했다. 그렇게 나는 뛰었고, 외환 위기로 거의 부도에 몰린 아버지의 사업을 위해, 할아버지처럼 한글학자가 되겠다는 꿈 같은 건 다 접고 학교가 끝나면 맥주를 마시러 가는 친구들에게 으음 좀 중요한 약속이 있어서, 하고는 짐짓 태평한 얼굴로 말하고는 뛰어가 버스에 올라탔다. 그러고는 직원들이 모두 퇴직해 버린 아버지의 출판사로 갔다. 밤새 빨간 수성펜으로 사무실에서 아버지와 단둘이 교정을 보았다. 그런 일들이 일어나지 않았다면, 나는 아마 다시 일본으로 가는 비행기를 탔을지도 모른다. 물론 그건 아무도 모른다.

스물둘에서 스물아홉이 되도록 그런 날들이 하루하루 흘러갔다. 친구들 결혼식에 가서 병풍처럼 신랑 신부 뒤에 얌전히 서서 사진을 찍거나 출판사와 집, 출판사와 집을 오갔다. 가끔 친구 지희하고 사주 카페에 가서 수염이 텁수룩한 남자에게 손을 맡기고 앉아서, 돈은 많이 벌겠어요? 좋은 사람은 언제 나타나는데요? 하고 하품을 참으며 질문을 해대거나 타로 카드를 뽑으며 운명의 수레바퀴 같은 건 언제쯤 뽑아 들 수 있을까, 하고 낄낄거렸다. 그것도 심드렁한 날에는 록카페에 가서 귀를 때리는 멍멍한 음악을 듣다가 우리, 그만 감자탕이나 먹으러 갈래? 하는 말을 주고받곤 했다. 지난해 민준이 약혼을 파기한 채로 귀국할 때까지는 그랬다.

헤드라이트 불빛 앞에서 마치 아무 일 없었던 것처럼 그가 나를 바라보고 있었다. 칠 년 전 내가 울면서 커다란 가방을 끌고 그의 집을 나설 때 보이지 않던 그가, 이제 내 앞에서 안타까운 눈빛으로 나를 바라보고 있는 것이다. 내가 멀리서라도 좋으니까, 내 사람이 아니어도 좋으니까, 설사 나를 알아보지 못한다고 해도 좋으니까, 설사 그 사람 옆에 아름다운 일본 여자가 대체 저 한국 여자는 누구야, 하는 눈으로 바라보며 함께 서 있다 해도 좋으니까 한 번만 보고 싶다고 생각했던 그 얼굴이었다. 나는 기어를 올렸다. 차를 그대로 출발시키려는데 그가 빠르게 내 곁으로 올라탔다. 그가 문을 닫자 밖에서 그와 함께 몰려온 싸늘한 냉기가 내 귓가를 스쳐 갔다. 누군가 뒤에서 경

적을 울렸다. 운명의 나팔 소리 같았다. 나는 하는 수 없이 차를

출발시켰다.

9

그와 나는 이렇게 단둘이 차에 있어 본 적이 없었다. 우리는 차가 없었으니까. 그때 우리는 가난했으니까. 자전거를 타고 서로 스치듯 장난을 치거나 전철에서 내가 그의 팔짱을 끼고 꼭 붙어 있는 것이 전부였다. 그러니까 이렇게 밀폐된 공간에 둘만이 있는 것은 그의 방에서 말고는 처음이었다. 겨드랑이에서 식은땀이 흐르고 갑자기 모든 길이 내 지도에서 사라지는 것 같았다. 횡단보도에서 사람 하나를 발견하고 급브레이크를 밟았을 때에야, 나는 잠시 정신을 가다듬을 수 있었다.

준고가 걱정스러운 얼굴로 내 옆모습을 주시하고 있는 것이 느껴졌다. 크게 숨을 내쉬고 잠시 멈추었다가 나는 다시 차를 몰았다. 어디로 가야 하는지 알 수가 없었다. 딱히 갈 곳도 없었고, 그와 내가 예전에 그랬던 것처럼 카페로 갈 수도 없었다. 오래도록 내 마음을 자주 배반하던 내 몸은 그와 나를 남산 중턱으로 데려가고 있었다.

서울로 돌아와 차가 생긴 이후 나는 자주 거기에 올라갔었다. 어떤 날은 밤늦은 시간에 집으로 가지 않고 빛나는 서울의 불빛들을 바라보기도 했고, 어떤 날은 필자를 만나고 돌아오다가 서울 타워 위로 넘실거리는 오렌지 주스빛 노을을 바라보곤 했었다. 해발 이백 미터인 이 산에서는 계절마다 가지가지 꽃향기가 다르게 풍겨 왔다. 서울의 밤 풍경은 검은 벨벳 상자에 놓인 보석들처럼 맑았고, 한강의 다리들로 오가는 차들의 불빛조차 유리꽃처럼 반짝였다. 멀리서 보니까 그랬던 것이다. 멀리서 보면 대개 모든 사물에게 너그러워질 수 있는 걸까?

"아직도 달리니?"

그가 많이 생각한 어투로 물었다. 그가 입을 여는 기척에 무척 긴장해 있었는데 엉뚱한 질문이었다. 하마터면 갑자기 웃음이 나올 뻔했다. 하나도 변하지 않았구나 너는, 하고 말하고 싶었다. 그렇게 엉뚱한 소리 하는 거, 타이밍 못 맞춰서 내 기분 따위는 생각하지 않는 듯이 보이는 거. 그러자 비로소 내가 아오키 준고와 만나고 있다는 사실이 실감이 났다.

내 마음속 호리병에 갇힌 베니라는 여자는 오랫동안 묻고 싶어 했다. 만일 다시 만나면 물어보고 싶었던 것이다.

'이노카시라 공원의 그 나무다리는 잘 있니? 꼬치집 아저씨도? 카페 안나의 그 부부도? 아침이면 호숫가에서 시끄럽게 울던 까마귀들이랑 프로방스 빵집 마리코도? 말씨가 부드럽던 너의 아버지는? 역 북쪽의 메밀국수도 여전히 맛있니? 내가 없어도 다들 여전한 거니? 그 후로 몇 번 일본에 갔었고, 도쿄에도 갔지만 차마 그 기치조지역 근처에는 갈 수가 없었거든. 왜냐하면⋯⋯.'

나는 응, 하고 대답했다.

다시 침묵이 우리들이 앉아 있는 좁은 차 속으로 푸딩처럼 엉겨 붙었다. 나는 나도 모르게 내가 늘 차를 세우던 바로 그 장소에 차를 세웠다. 이곳에 누군가와 함께 온 적은 없었다. 민준이 드라이브를 하자고 할 때도 나는 짐짓 이곳을 모른 척 지나 서울 타워에 올라갔었다. 왠지 이 장소는 나 자신 외의 어떤 사람하고도 오고 싶지 않았다. 그런데 나는 지금 준고와 함께 여기에 멈춘다. 왜일까?

먼 곳의 불빛들이 손짓하는 것처럼 반짝반짝하다가 바람이 불면 신기하게도 작은 파도가 일 듯 파르르 떨리곤 했다. 먼 들판 가득 피어 있는 들꽃들이 바람에 일렁이는 것 같았다. 그러나 창밖은 겨울, 영하 십 도. 입을 열지 않아도 건조하고 찬 대기 속으로 입김이 주전자에서 뿜어 나오는 수증기처럼 하얗게 밀려 나올 것이다. 준고는 내가 묘사한 그 서울의 겨울을 보고 싶어 했었다. 그리고 우리는 지금 함께 그 서울의 밤 풍경 속을 바라보고 있다. 어이없는 재회였다.

키가 큰 가로등 빛 아래서 나무들의 수피가 국수 가닥처럼 하얗게 드러나 보였다. 나는 이마에 손을 짚었다. 진땀이 진득하게 배어 있었다. 시계를 언뜻 보았더니 일곱 시가 넘어가고 있었다. 자동차 시계에서 7이라는 숫자도 반짝이고 있었다. 칠 년보다 긴 하루가 느리게 흘러가고 있었다.

"왜 아무 말이 없어? 할 말이 있으면 해."

내가 물었다. 준고는 아무 대답도 하지 않았다. 반짝이는 오색 줄을 여러 겹 흔들고 있는 듯한 자동차의 불빛들이 멀리 한강의 검은 물 사이로 보였다. 다리 위의 가로등은 주황색 꽃처럼 빛나고 있었다. 그리고 검은 하늘은 그 위로 무겁게 드리워

져 있었다. 오늘 밤에는 어떤 별들이 떠서 말갛게 눈을 뜨고 이
도시를 바라볼까?

"너에게 물어보고 싶은 말이 있었어. 언젠가 너를 만나면 꼭
물어보고 싶은 말이 있었어."

준고는 무슨 말이든지 하라는 듯, 나를 바라보고 있었다. 입
을 열려고 하는데 갑자기 뜨거운 기운이 눈가로 몰려왔다. 피
가 얼굴 앞쪽으로 몰려드는 것처럼 아주 무거운 기분이었다.

10

담담하고 당당하게 말하려고 했는데 나는 더 이상 입을 열 수가 없었다. 입을 열면 지난 칠 년을, 전화벨이 울릴 때마다 내려앉았던 빨간 심장을 다 토해 버릴 것만 같았다.

　기다렸었다. 한국으로 돌아와 새로 휴대 전화를 장만하고 나서 그가 당연히 내 전화번호를 모를 것을 알면서도 집 전화 번호가 바뀌고, 회사 전화번호가 바뀌고, 한국의 전화번호는 세 자리 국번에서 네 자리 국번으로 바뀌어 버렸는데도 심장 은 내 머리를 비웃으며 그렇게 덜컥거렸다. 사무실에서든 집에서든 전화를 받아 들고 그 소리의 주인공이 여보세요, 하기까지 전화벨은 고통이 시작되는 신호였다. 그렇게 혹시라도 기적처럼 그가 전화를 걸어와 베니, 넌 잘 있니? 하고 물으면, 그러면 나는 대답하고 싶었다.

'응, 잘 있어. 나는 최홍이고, 나는 씩씩한 여자고, 나는 잘 있어. 준고. 어쩔 수 없이, 안간힘을 다해서, 필사적으로 그렇게 잘 있단다.'

그리고 나는 꼭 물어보고 싶었던 것이다.

'왜 그렇게 울고 있는 나를 내버려 두었니? 왜 붙잡지 않았니? 잡지도 않고 찾지도 않고 그리고 왜 이제야 여기에 온 거니?'

갓 오븐에서 꺼낸 따뜻한 애플파이, 진한 레몬밤티, 딸기가 그렁그렁한 생크림 케이크, 그리고 선암사의 조용한 뜨락, 파초 잎을 스치는 바람과 연보랏빛 작약 꽃다발, 토란 잎에 떨어지는 빗방울, 나는 언제나처럼 주문을 외웠다. 어제 연둣빛 트레이닝복을 사면서 나는 이제 이 주문 속에 연둣빛 트레이닝복, 거의 노란색에 가까운 그린빛이라는 말을 끼워 넣으려고 했었다. 그런데 이젠 그럴 수가 없을 것 같았다.

"홍이 넌 언제나 씩씩해. 난 그렇게 씩씩한 네가 좋아."

준고는 내게 그렇게 말했었다.

"무슨 소리야? 난 고등학교 때부터 허리를 수양버들처럼 낭창낭창하게 꺾으며 기절해 보는 게 소원이었단 말이야. 희고 가늘고 연약하고 말도 가만가만하고. 난 그런 여자애들 보면 아직도 질투심에 불타오른단 말이야."

나는 마지막에 칸나 같은 그런 여자, 라는 말을 덧붙이지 않았다. 그가 흰 이를 드러내며 웃었었다. 칸나는 물론 그런 여자는 아니다, 라는 의미겠지? 하고 나는 혼자 마음대로 생각해 버렸다.

"그런데 물어볼 필요도 없는 거 같아. 무슨 말을 하려고 했는지, 네게 할 말이 있는지도 잊어버렸어."

나는 입을 다물었다. 잠시 침묵이 계속되었다.

"베니."

그가 말했다. 갑자기 먼 서울의 불빛들이 비안개에 덮이는 것처럼 흐릿해졌다. 이노카시라 공원의 새벽안개처럼. 그때 그 쇳내가 날 것 같은 청동빛 연못의 기억이 베니, 라는 그의 말을 따라 주문처럼 내 안으로 조용히 침투해 들어왔다. 베니, 그가 나를 부르던 그 말이었다.

우리는 어느 날 같은 한자를 다른 이름으로 읽는 법을 이야기하고 있었다.

"내가 좋아하는 작약은 일본어로는 샤쿠야쿠, 작가는 삿카, 유명한은 유메나, 고속도로는 고소쿠도로. 이건 거의 사투리에 가까운 같은 말 같지 않아? 이게 다른 나라의 언어라는 게 믿어져?"

나는 물었다. 그러자 그가 재미있다는 듯이 대답했다.

"그렇다면, 최홍은…… 베니."

그때 나는 내 안의 어떤 여성성이 그가 이름을 부르자 깨어나 가만히 고개 드는 것을 느꼈다. 그건 내가 홍이라는, 어떤 면에서 중성적인 이름으로 불리는 것과는 전혀 달랐다. 그는 나의 뺨에 어린 홍조를 느꼈는지 다시 한번 부드럽게 나를 불렀다.

"베니!"

나는 그때 그에게로 다가가 그의 목에 내 팔을 감고 그의 입술에 내 입술을 가져다 댔었다. 그때 내 머리칼을 쓸어 주던 그의 손길이 살아나려고 한다. 손가락이 내 머리를 빗처럼 훑어 내리던 그 따스하고 생생한 촉감까지 그랬다. 그때 내가 사랑한다고 말했던가, 아니던가. 아마 말했을 것이다. 아마 온 마음을 다해 말했을 것이다.

"사랑해, 사랑해, 널 너무나 사랑한다고!"

나는 다시 주문을 했다. 갓 구워 낸 따끈한 애플파이, 진한 레몬밤티…….

"베니, 만약 네가 오해를 하고 있다면 나는 그 오해를 풀고 싶다."

주문 같은 것은 처음부터 아무짝에도 쓸모없는 것이었다는 듯 그가 말했다. 딸기가 그렁그렁 얹힌 하얀 생크림 케이크, 선암사의 조용한 뜨락……. 나는 기어를 올렸다. 그리고 앞으로 나아갔다. 파초 잎을 스치는 바람 소리, 연보랏빛 작약 꽃다발……. 어떤 작가가 그랬다. 피할 수 없으면 즐기는 거라고. 그렇지만 그 작가가 모르는 것이 있다. 즐길 수 없을 때도 있다는 것을, 그저 한 사람을 피해 가는 것조차 안간힘을 써야만 할 때가 있다는 것을…….

"베니, 하고 싶은 말이 너무 많아. 하지만 지금은 무슨 말부터 해야 할지 모르겠다. 내가 무슨 말을 해도 분명 네게는 닿지 않겠지. 이 우연한 재회가 마지막 찬스란 것만은 알아. 그래서 이 기회를 놓치고 싶지 않다는 것만은 말할 수 있어."

그는 안간힘을 쓰고 있었다. 나 역시 그랬다. 그는 마주치기 위해서, 나는 피하기 위해서.

나는 차를 호텔 입구에 세웠다. 벨보이가 문을 열었다. 안녕히 가세요, 하고 내가 말했다.

11

"안녕히 가세요."

한국말로 그가 힘없이 말했다. 나는 뒤를 돌아보지 않았다.

차는 호텔을 빠져나왔다. 산에서 내려온 지 십 분도 안 되어 차는 강물 옆을 달린다. 검은 강은 멀리서 볼 때보다 아름답게 모든 다리와 모든 차와 모든 가로등의 불빛을 받아 안아 너그러이 일렁이고 있었다. 내리꽂힌 빛들은 오색빛 막대사탕처럼 달콤하게 보인다. 그 빛들을 끌어안고 그 빛을 빛이게 하는 어두운 하늘도 끌어안고 강은 천천히 바다로 흘러가는 것이다.

서두르지 않아도 도달하는 그곳에.

"바다는 말이야 세상에서 제일 낮은 곳이야. 모든 물이 그리로 온다. 그래서 바다는 세상에서 제일 넓은 거지."

돌아가신 할아버지는 그렇게 말했었다. 일본에서 돌아온후 나는 할아버지가 요양하고 계시는 서귀포로 내려갔다. 노을이 지는 선선한 저녁에 나는 할아버지의 휠체어를 밀고 바닷가로 갔었다. 서귀포의 푸른 바다는 이리저리 뒤척이고 있었다. 내가 잠든 밤에도, 내가 깨어난 아침에도, 내가 할아버지와 산책하는 이 노을 무렵에도. 내가 밥을 먹고 있을 때나 내가이빨을 닦고 있을 때나 가끔씩 아주 가끔씩이지만 내가 일본에 두고 온 그를 잊고 있었던 그 찰나에조차 바다는 잠시도 쉬지 않고 뒤척이고 있었다.

"잘못은 사람들이 하는데 벌은 바다가 받는 거 같아, 할아버지."

할아버지는 아무 말도 하지 않았다. 다만 물끄러미 나를 바라보다가 말했다.

"홍이야, 나이가 들면 자신이 바라던 일이 이루어지지 않는것이 때로는 축복이었다는 것을 알게 된단다."

할아버지가 건강했을 때라면 나는 입술을 빼물고 혀를 날

름 내밀었을 것이다. 추리 소설의 끝 장면을 미리 알려 주는 것
처럼 그건 내게 재미없는 일이야, 내가 겪을 거야, 내가 겪어
서 내가 깨달을 거야, 하고. 그러나 그날 서귀포 먼바다, 배들
이 들어와 쉬고 있는 그 바다를 바라보면서 나는 묻고 싶었다.
할아버지는 그래서 할머니가 돌아가신 지 이십 년이 지나도록
언제나 할머니의 사진을 책상 위에 놓고 있는 거야? 하고.

　그러나 나는 묻지 못했다. 나를 바라보는 할아버지의 얼굴
이 바다처럼 주름지고 바다처럼 오래 뒤척인 사람의 그것 같
았기 때문이었다. 대신 나는 묻고 싶었다. 왜 할아버지들은 그
렇게 약했어? 왜 나라를 빼앗겼어? 왜 그런 수모를 당하고도
멋지게 그 사람들을 때려눕히지 못했어? 그 사슴같이 생긴 시
인이 그렇게 슬프게 죽어 가도록 모두 쳐다만 봤어? 왜 아버지
가 그 일본 여자랑 결혼하는 걸 반대했어? 그건 아버지의 잘못
도 그 여자의 잘못도 아니었잖아?

　휴대 전화가 울린다. 내 가슴은 다시 내려앉았다. 방금 이 차
에서 내린 그의 슬픈 얼굴이 발신자 표시를 읽으려는 내 눈을
방해하고 있었다. 그가 앉았던 자리에 그의 냄새가 아직도 배
어 있었다. 뭐랄까, 나만이 아는 그의 냄새를 나는 아직도 기억
하고 있었다. 김민준이라는 글자가 휴대 전화에 떠올랐다. 나

는 휴대 전화를 가방 속으로 던져 놓고 라디오를 틀었다.

아침에 좀 더 신경을 쓰고 나올걸 하는 생각이 들었다. 화장도 머리도 좀 더 예쁘게 하고 옷도 좀 화사하게 입고 올걸 하는 생각이 들었다. 그에게 아무런 반짝거림도 없이 그저 시들어가는 여자처럼 보였던 것은 아닐까. 나 자신이 싫어졌다. 더도 덜도 아니고 그가 가슴 아플 만큼만, 그가 후회할 만큼만 그렇게 아름다운 여자였으면 얼마나 좋았을까 하는 생각. 이건 민준을 만나면서는 한 번도 해보지 않았던 생각이다. 지희가 옳았다. 이런 거무튀튀한 상복 같은 것은 벗어 버리고 화사한 커리어 우먼으로 그를 만났더라면 좋았을 것이다.

전화는 내 가방 속에서 끊임없이 울리고 있었다. 나는 전화를 받을 수가 없었다. 민준에게 언제나처럼 응, 나야, 하고 말할 수는 없었다. 아마도 그는 물을 것이었다. 목소리가 왜 그래? 무슨 일 있구나, 왜 또 어떤 친구가 결혼했니, 라든가 왜? 또 어떤 애가 다이어트에 성공해서 예뻐졌니, 라든가…… 그리고 하하 웃으며 홍, 차를 돌려, 내가 맛있는 술 사 줄게, 했을 것이다. 그럴 때 그를 따라 하하 웃으며, 그래, 나 화났어, 걔네들 나보다 공부도 못하고 나보다 성질도 드러웠는데 무슨 시집을 그렇게 잘 간대니? 하고 말할 자신이 없었던 것이다. 만일 그가 집요하게 물으면 나는 말해 버릴 것이 틀림없었다. 민준아 그 사람이 왔어, 그 사람……, 하며 민준의 실크 양복에 콧물을 묻혀 가며 엉엉 울지도 몰랐다. 그러면 민준이가 말했을 것이다. 말하지 말지 그랬니, 그렇게 솔직하게는 말하지 말지 그랬니, 하고.

12

율동공원 호숫가를 지나 집 앞 골목으로 들어서려는데 검은 코트에 푸른 모자를 눌러쓴 록이가 근처 제과점에서 빵을 사 가지고 다가오고 있었다. 록이는 나를 보더니 손을 흔들었다. 내가 차를 세우자 록이는 차에 올라탔다. 추워서 죽는 줄 알았네, 하고 차에 탄 록이는 나를 힐끗 쳐다보더니 물었다.

"왜 그래? 얼굴이…… 또 누가 결혼한대? 아니면 뚱뚱했던 동창이 요가랑 헬스랑 지방 흡입해서 팔다리가 길고 낭창낭창한 여자로 변해서 나타난 거야?"

"록!"

어이가 없는 내가 대답하려고 하자 록이가 깔깔 웃었다.

"아무튼 무슨 일이 있었구나. 아니면, 그 일본 작가라는 사람이 너무 멋있었구나! 게다가 약혼자 사진을 보여 주는데 그 여자가 예전에 언니가 일본에서 그렇게 싫어했던 그 칸나인지 글라디올러스인지 그 여자를 닮았던가. 키는 쪼끄만데 팔다리가 길고 수양버들처럼 낭창낭창하고 말도 예쁘게 가만가만하고……."

주차를 하고 자동차 키를 챙겨 내리려다가 나는 록이를 돌아보았다.

"농담, 농담. 그런데 이상도 하지. 나도 모르게 칠 년 전에 언니가 공항에 파랗게 질린 얼굴로 돌아왔던 그 생각이 나잖아!"

록이는 차에서 내리자마자, 어깨를 옹송그리고 집으로 뛰어들어 갔다. 칠 년 전 그 얼굴이라는 동생의 말에 나는 잠시 그 자리에 서 있었다. 두 발을 모으고 얼굴을 묻고 있던 번개가 끄응, 하고 고개를 들었다가 다시 잠을 청하려는 듯했다. 추운 겨울밤의 냉기가 느껴지지 않을 만큼 내 뺨은 달아올라 있었다. 차 문을 잠그는데 그가 앉아 있던 좌석이 보였다. 이제 저 좌석은 더 이상 예전의 그 빈자리가 아닐 것이다. 나는 그게 싫었다.

사랑한다고도, 결혼하자고도, 그 흔해 빠진 말들을 나는 그에게서 한 번도 듣지 못했었다. 그가 내 목을 휘어 감고 입술을 맞추었을 때, 이건 처음이야, 하는 말들을 나는 하지 못했다. 그 처음의 입술이 얼마나 강렬했는지, 낙인처럼 내 가슴에 찍혀 버렸다고도 나는 말하지 못했었다. 나는 집으로 들어섰다. 내가 들어서는 기척에 엄마가 고개를 들었다. 아버지는 아직 귀가하지 않은 것 같았다. 엄마의 손에는 언제나처럼 리모컨이 쥐어져 있었고 그 앞에 불 밝힌 텔레비전에는 여자들이 나와 울고 웃고 남자들은 거리를 배회하고 있었다. 꼭 우리 집 같았다.

"다녀왔습니다."

간단한 인사를 하고 나는 방으로 들어가 연둣빛 트레이닝복을 꺼내 들었다. 노크 소리가 났다. 돌아보니 록이었다. 록이의 손에는 책이 한 권 들려 있었다. '사사에 히카리'라는 글씨가 내 눈에 들어왔다. 록이는 아무 말 없이 그 책을 내밀었다. 나는 모른 척 진회색 재킷을 벗어던지고 연둣빛 트레이닝복으로 갈아입었다. 록이가 책장을 열고 아무 페이지나 펴서 읽었다.

그리운 사람을 생각하면 슬픈 귀가 열린다. 그 슬픈 귓속으로 베토벤의 선율이 밀려든다. 피아노는 이노카시라 공원의 빗소리처럼 내 귓바퀴를 두드린다. 「비창」이라는 곡이다. 한국인 친구는 이 곡의 제목이 싫다고 말했다.

나는 연둣빛 트레이닝복 위로 카키색 파카를 걸쳤다.

"그 「비창」이 이 「비창」이지?"

록이가 내 책상 위에서 「비창」이 든 시디를 꺼내 내게 보이며 물었다.

"난 저번에 이 책을 읽고 언니한테 묻고 싶었어. 이 사사에 히카리가 혹시 그 사람 아닌가 하고. 상처가 될까 봐 물어보지 않았는데 오늘 언니 얼굴에 그렇게 씌어 있었어. 이 사람이 그 사람이라고……. 언닌 정말 몰랐던 거야?"

"난 일본 작가 소설 안 읽어!"

나는 지갑과 휴대 전화를 챙겨 방문 쪽으로 다가갔다.

"민준이 오빠가 방금 집으로 전화했었어. 언니가 휴대 전화를 받지 않는다고."

나는 손잡이를 돌렸다.

"왜 그렇게 기를 쓰고 뛰는 거지?"

나는 록이의 질문을 뒤로하고 집 밖으로 나왔다.

"칠 년 동안 한 번도 그 친구를 잊은 적이 없습니다."

내가 통역해야만 했던 그의 말이 록이의 질문과 엉겨 들었다.

13

왜 그렇게 기를 쓰고 뛰는 거지, 하고 그도 물었었다. 내가 자주 들르는 카페 호반의 집이 보이기 시작했다. 노란 불빛들이 영롱했다. 이 밤 따뜻한 저 카페 안에서 연인들은 사랑하리라. 사랑한다고 말하고 두 손으로 잡고 있으리라. 죽을 때까지 함께 아침을 맞자고 약속을 할지도 모른다. 내일이면 손가락 사이로 모래가 빠져나가듯 말들이 우리를 버려두고 추억의 페이지 속으로 우르르 사라져 버릴지라도, 어쩌면 지금 이 순간 그들은 영원을 움켜쥔 듯 기쁠 것이다.

평소 같으면 나는 호숫가를 좀 뛰다가 저 카페에 들어가 레몬밤티에 곁들여 갓 구워 낸 따끈한 애플파이를 먹었을 것이다. 그러고는 책을 읽거나 앞으로 기획할 아이템들을 점검하곤 했다. 가끔 록이랑 엄마와 함께 마르가리타를 마시기도 했었다. 싸락눈 같은 소금이 하얗게 흩어진 칵테일잔 가에 푸른빛 액체가 출렁이는 그 술을 나는 좋아했었다. 그 푸른빛은 내가 도쿄에서 바라보던 먼 하늘을 닮아 있었다. 나는 그 카페 앞 휘황한 불빛들을 스쳐 지나갔다. 입에서는 주전자가 수증기를 내뿜듯이 흰 김이 쏟아져 나오기 시작했고, 얼음보다 차가운 공기를 들이켠 폐는 얼마 안 가서 고통을 호소하기 시작했다. 이렇게 추운 겨울밤에, 더구나 습기 찬 호숫가의 달리기는 사실 무리라는 것을 나는 알고 있었다. 육체가 정신을 이길 수 있을까, 의지가 환경을 이길 수 있을까, 진심이 편견을 이길 수 있을까…….

뛴 지 얼마 못 가 가슴이 찢어지게 아팠다. 코가 차가운 공기를 다 데우지 못하고 폐로 보낸 탓인 거 같았다. 나는 하는 수 없이 도쿄를 떠올렸다. 어학원이 끝나면 나는 신주쿠에서 전철을 타고 기치조지역 근처의 집으로 돌아왔다. 아케이드에 들러 천천히 거기에 있는 물건들을 구경하다가 크로켓 가게에서 따끈한 크로켓을 사다가 혼자 먹으며 윤동주의 시집을 펼쳐 들었었다.

창밖에 밤비가 속살거려
육첩 방은 남의 나라.

시인이란 슬픈 천명인 줄 알면서도
한 줄 시를 적어 볼까.

땀내와 사랑내 포근히 품긴
보내 주신 학비 봉투를 받아

대학 노트를 끼고
늙은 교수의 강의 들으러 간다.

생각해 보면 어릴 때 동무들
하나, 둘, 죄다 잃어버리고

나는 무얼 바라

나는 다만, 홀로 침전하는 것일까?

인생은 살기가 어렵다는데
시가 이렇게 쉽게 씌어지는 것은
부끄러운 일이다.

윤동주의 시집을 끼고 일본으로 떠났던 나는, 학교 선배가 잠시 아이를 낳으러 한국에 간 사이 그 방을 빌려 머물고 있었다. '보내 주신 학비 봉투를 받아 옆구리에 끼고' 아침에 어학원에 가서 초보적인 일본 말을 하는 거 외에는 할 일이 없었다. 어학원에서 일본 말을 몇 마디 하는 것 외에는 하루 종일 한마디도 하지 않을 때도 있었다. 나는 일본어 단어를 외우다가 자주 호숫가로 나갔다. 나는 아케이드의 유명한 집에서 줄을 서서 크로켓을 사다가 그것이 다 식을 때까지 그를 기다리곤 했었다. 내가 처음 그를 보았을 때, 그 빙하의 단면이 잘려 나간 듯한 외로움을 알아보았다고 한 번만 더 그를 보면 말하고 싶었던 거였다.

'어머, 마침 크로켓을 샀는데, 아직 뜨거워요. 하나 드시겠어요?'

나는 그것을 일본어로 연습했다.

'우연이네요, 또 만나다니. 지난번엔 정말 고마웠어요.'

나는 그 말도 연습했다. 하지만 하느님은 내게 그런 우연을 허락하지 않았다. 그렇게 꽃이 다 지도록 나는 그를 만나지 못하고 호숫가 벤치에 앉아 혼자서 그것을 다 먹었다.

그러던 어느 날 그가 멀리서 오는 모습이 보였다. 나도 모르게 가방에 있던 인형을 꺼내 주었던 것은, 내 손에 더 이상 따뜻한 크로켓이 없어서이기도 했지만, 연습해 두었던 말이 하나도 생각나지 않아서이기도 했다. 그는 그 인형을 받아 들고 나를 향해 웃었다. 나도 웃었다. 말 같은 것은 필요 없었다. 덧니가 살짝 드러나 보이던 그의 미소와 내 웃음. 그건 통역도 연습도 필요 없는 언어였으니까. 그리고 그날 밤 나는 기도했었다.

'하느님, 오늘 본 그 일본 사람 멋있었죠? 외로워 보이던데 외롭지 않게 축복해 주세요. 그리고 나는 외국 사람하고는 절대로 결혼하지 않게 해주세요.'

나는 속도를 좀 줄였다. 찬바람 때문에 뺨이 얼얼했다. 멀리 요한성당 십자가의 불빛이 보였다. 그 불빛 속에 그의 눈동자가 아른거린다. 얼굴은 없고 놀랍고 안타까이 나를 향하던 그의 시선이. 나는 다시 속도를 내보았다. 아까보다는 가슴이 덜

아팠다. 들어가서 샤워를 하고 저녁 기도를 하고 이제 잠들고 싶었다. 오늘은 아마 이렇게 기도할 거 같았다.

'하느님 왜 제 기도를 들어주셨어요? 왜 이렇게 늦게 들어주셨어요? 그러니 이제 들어주지 마세요. 그리고 당신이 보기에 별로 좋지 않을 일이라면 들어주지 마세요. 제가 아무리 한 번만 들어 달라고 빌어도 이제는 들어주지 마세요.'

나는 성당을 향해 십자가를 긋고 다시 뛰었다. 그러고는 숨이 가쁠 때마다 주문을 외웠다. 오븐에서 막 꺼낸 따끈한 애플파이, 진한 레몬밤티, 딸기가 그렁그렁 얹힌 하얀 생크림 케이크, 선암사 앞뜰, 연보랏빛 작약 꽃다발, 파초 잎에 내리는 빗방울 소리, 하얀 소금이 고운 푸른 마르가리타, 먼 하늘…… 먼, 먼 하늘…….

14

그와 함께였을 무렵 하늘은 언제나 아주 파란빛이었다. 구름 한 점도 없었다. 흰 베이비파우더를 뿌려 놓은 듯한 벚꽃이 눈부시게 피어 있는 이노카시라 공원 근처의 골목길을 나는 자전거로 달리고 있었다. 맨발을 벗고 다녀도 좋을 만큼 깨끗한 골목길. 아무리 쨍한 햇볕이 내리쬐는 날에도 골목길에는 아이들이 있고 집 앞에 내어 놓은 제라늄 화분들이 있고 건물 옥상에는 빨래들이 마르고 그리고 이상한 적요가 흐르고 있었다. 어떤 날은 누군가가 연습하는 트럼펫 소리가 짙푸른 하늘로 울려 퍼지곤 했다. 아득하고 쓸쓸하고 먼먼 선율. 가끔은 그 음악 소리가 들리는 골목길 한편에 자전거를 세우고 나 혼자 쭈그리고 앉아 있곤 했다. 그럴 때는 내 입술이 작은 소리로 엄마아, 하기도 했다. 공부 잘할게. 잘 배워서 돌아갈게. 뭐 이런 초등학생들이나 하는 결심을 새삼 하기도 했었다. 그런 날 오후에는 나는 내 가방 한편에 있는 열쇠를 꺼내 들고 준고의 집으로 갔다. 준고의 집은 언제나처럼 헝클어져 있었다.

"너희 엄마는…… 여기 안 와 보니?"

내가 일본에 머무르고 처음 육 개월 동안 두 번이나 도쿄로 찾아와 김치를 담가 주고 밥을 해주고 내 방을 청소해 주던 우리 엄마를 생각하며 내가 심드렁하게 물었었다.

"엄마, 없어."

그때 준고의 목소리가 하도 단호해서 나는 빨래를 널다 말고 뒤를 돌아보았다. 내가 처음 그를 발견했을 때 보았던 빙하의 단면 같은 차가움과 날카로움이 그의 얼굴에 어리고 있었다.

"아픈 이야기를 꺼낸 거라면 미, 미안해……."

준고는 아무 말도 하지 않았다. 나는 그의 엄마가 죽었다고 생각했다. 차마 물어볼 수는 없었지만 병으로 돌아가셨다고 상상해 보았다. 슬프게 죽어 가는 병든 엄마와 창백한 소년의 이별 장면이 떠올라 어느 날은 그를 그냥 하염없이 안아 주고도 싶었다. 그가 어느 날 연주회에서 피아니스트 아오키 나오미 씨 앞으로 내 손을 잡고 걸어갈 때까지는 그랬다. 아오키 나오미 씨는 아름다운 일본 여성이었다. 화려했고 눈이 부셨다. 검은 벨벳 드레스를 입은 그녀의 얼굴은 티파니 보석 가게에 진열된 보석들처럼 반짝이고 있었다. 나는 그녀와 인사를 하고 돌아 나오던 그날 밤 준고의 얼굴을 잊지 못한다. 그가 곧 울음이라도 터뜨리거나 길거리의 공중전화 부스를 부수어 버리거나 할 거 같았다. 나는 그 이후로는 그에게 엄마라든가 「비창」이라든가에 대해 아무 이야기도 꺼내지 않았다.

그는 늘 늦었다. 그의 방은 언제나 텅 비어 있었다. 나는 숨겨진 동굴을 탐험하는 주근깨투성이 소녀라도 된 것처럼 그의 집 창틀에 끼인 먼지를 닦고 싱크대에 들러붙어 있는 얼룩들을 지웠다. 어떤 날은 그렇게 하다가 문득 창밖을 보았는데 벌써 날이 저물어 있기도 했다. 그의 속옷과 흰 티셔츠를 골라 냄비에 넣고 세제를 조금 풀어 푹푹 삶았다. 그렇게 하면 흰빛은 더욱 눈이 부신 흰빛이 되었다. 왜 그렇게 흰옷을 입는 거냐고 그는 물었었다.

"그건 말이야. 한국인들에게는 흰빛이라는 것은 신앙과도 같은 거야. 전쟁이 나거나 흉년이 나던 어려운 시절에, 땔감조차 없던 시절에도 한국인들은 옷을 빨고 불을 지핀 후에 흰옷을 삶아 더욱 눈부신 흰빛을 만들어 내고 그것을 지켰어. 우리 할아버지가 말씀하셨지. 흰빛은 모든 것을 받아들이는 색이래."

준고는 늘 바빴다. 아르바이트를 다섯 개나 한다고 했다. 가만히 보니까 어떤 때는 임시 아르바이트까지 하는 것 같았다. 그래야 학비를 번다니.

"너희 아버지는 뭐 하셔? 너 혹시 고아 아니니?"

나는 물었다.

"아버지는 첼리스트야, 가난한⋯⋯."

그가 말했다.

"혹시 가짜 부모님?"

내가 묻자 그가 하하, 하고 웃었다. 이해가 가지 않았다. 한국 같으면 아버지가 등록금만이라도 대주지 않을까 하는 생각 때문이었다. 가끔은 그렇게 청소를 하고 엉덩이를 살짝 흔들며 노래하고 있는 내 뒤로 다가와 그가 내 허리를 살며시 안았다. 이상한 일이었다. 엄마가 알면 큰일이라는 것을 알면서도 나는 부끄럽지 않았다. 알몸이 된 채로 그의 침대를 빠져나와 달빛 어린 창가에도 서 있었다. 알몸을 보이는 것이 싫어서 대중목욕탕에도 가지 않던 나였다. 나는, 엄마가 알면 큰일이라는 것을 알았지만 드디어 엄마에게 말해 버리고 말았다.

"엄마 나 결혼할 거야! 사랑하는 사람이 생겼어!"

나는 스물두 살이었다. 대학 삼 학년을 휴학하고 일본으로 어학연수를 간 참이었다. 전화기 너머에서 엄마의 입이 벌어져 다물어지지 않는 게 느껴졌다. 약간 우스운 기분이 들었다.

"정말이야. 사랑하는 사람이 생겼어. 인사하러 갈게. 아님 엄마가 일본으로 와."

일 분간의 침묵 후에 엄마는 차분하게 말했다. 뭐 하는 사람이냐고도 묻고 집안이 어떠냐고도 물었다. 부자냐고도 묻고 드디어 마지막에 설마 일본 사람은 아니겠지, 하고 물었다.

나는 엄마의 질문에 모조리 마음에 들지 않는 대답만 해댔다. 부모는 이혼하고 집은 가난하다고 대답했다. 학비도 생활비도 대주지 않으니까 내 맘대로 그렇게 생각해 버렸던 것이다. 그 편이 조금 더 로맨틱하게도 느껴졌었다. 그리고 마지막으로 일본인이라는 대답을 했을 때, 전화기 너머로 록이의 비명 소리 같은 것이 들렸다. 나중에 듣고 보니까 엄마가 내 전화를 받다가 잠깐 아찔해져서 소파에 쓰러지듯 주저앉은 모양이었다.

"너 미쳤니?"

엄마는 물었다.

"응. 엄마, 이런 사랑이 내게 오다니 믿을 수 없어. 행복해서 미칠 지경이라고."

나는 대답했다.

돌아오라고 엄마가 말했다. 학비건 생활비건 한 푼도 없을 거라고 했다.

"내가 결혼한다는데 왜 엄마가 난리야? 엄마보고 그 일본 사람한테 시집가라고 한 것도 아니잖아."

나는 이해할 수 없었다. 내가 사랑하는 사람과 결혼한다는 일이 왜 엄마를 화나게 하는지 그때까지는 알 수 없었던 거였다. 나는 가방을 챙겨 집을 나섰다. 엄마가 일본에 있는 인척을 시켜 당장 널 귀국시키겠다는 말만 않았더라도 그러지 않았을지 모른다.

아니 그렇지 않았다 해도 무슨 핑계를 대서 나는 그의 곁으로 갔을 거라는 게 맞을 것이다. 나는 그와 잠시도 떨어져 있고 싶지 않았다. 그의 모든 것을 알고 싶었고 참견하고 싶었고 그래서 내가 그의 일부가 되고 싶었다. 그게 어떤 의미인지 알 수 없었다. 사랑을 하면 그냥 그렇게 해도 되는 줄 알았다. 사랑하는 마음만으로 충분하다고 믿는 나는 내 감정에 충실한 이기주의자였다. 나는 가방을 챙겨 그에게로 갔다. 공원에서 올려다본 그의 방에는 불이 켜져 있었다. 준고는 책상 앞에서 무언가 쓰고 있었다. 내 가방과 나를 보며 놀라는 준고에게 나는 큰 소리로 말했다.

"준고! 자 받아, 나를 몽땅 네게 줄게. 결혼 선물이야."

그리고 나는 그의 품으로 뛰어들었다.

15

"일어나, 언니."

목소리는 록이의 것이었다. 눈을 뜨니까 유리창으로 짙푸른 겨울 하늘이 물들어 있었다.

"나쁜 꿈 꿨어?"

록이는 내 책상 의자에 걸터앉아 커피를 마시며 물었다. 나는 잠옷 바람으로 일어나 창가로 다가갔다. 날씨가 추울 모양이었다. 하늘이 파란 날, 날씨는 언제나 추웠다. 시베리아, 그검고 황량한 벌판에서 확장한 고기압의 영향일 것이다.

"내가 밤에 리포트 쓰다가 이상해서 와 보니까 언니가 흐느껴 울고 있었어. 깨웠는데도 안 일어나고 계속 울길래……."

"내가?"

록이는 말없이 고개를 끄덕였다. 믿어지지가 않았다. 꿈속에서 언뜻 이노카시라 공원을 본 것은 같았는데, 내가 누군가에게 달려간 듯한 기억은 없었다. 나는 모르는 나를 남에게 전해 듣는다는 것은 이상한 기분을 자아내는 일이다. 그러자 그때 내 귓가에 호수의 수면 위로 떨어지는 빗소리 같은 피아노 소리가 들려오기 시작했다. 그리운 사람을 생각하면 슬픈 귀가 열린다. 빗속에서 작은 엉덩이를 흔들며 헤엄치던 오리 한 쌍, 쇳내가 날 것 같은 청동빛 연못……. 이제 그 사람이 나와 같은 하늘 아래서 같은 하늘을 바라보고 있다. 그 사람과 내가 같은 하늘 아래 있다는 생각이 들자, 오래된 기억을 떠올렸을 때처럼 가슴 한편이 싸했다. 나는 록이의 손에 들린 커피를 빼앗아 한 모금 삼키면서 록이에게 엄한 표정을 지어 보였다.

"두 가지만 말하겠는데, 첫째 사사에 히카리라는 사람이 그 사람이든 아니든 이제 나와는 상관없는 일이고, 둘째 밤에 남의 방을 엿보는 것은 그리 훌륭한 짓이 아니라는 거야."

록이는 또 시작이군 하는 표정을 짓더니 혀를 날름 빼물고는 아침 먹어, 했다. 나는 간단히 세수를 하고 식당으로 갔다. 아버지는 보이지 않았다. 아마 일찍 등산을 가신 모양이었다.

"토요일인데 준이 안 만나니?"

록이와 나의 눈이 마주쳤다. 그다음에 나올 말이 무엇인지 우리는 잘 알고 있기 때문이었다.

한 번은 내가 회사 회식 자리에서 밤늦게 들어와 옷을 벗지도 않고 정신없이 자고 있는데 아침에 내 방문을 열어 본 엄마가 실망스러운 목소리로 에이, 들어왔구나, 했다. 엄마는 그러니까 우리가 밖에 나가 사고라도 쳐서 그걸 빌미로 결혼하기를 바라는지 몰랐다. 우리 세대에 같이 잤다고 무작정 결혼하는 남자는 없어, 라고 설명을 해줄 수도 없었다. 스물한 살에 맞선을 보고 아버지와 결혼한 엄마에게 무슨 말을 하겠는가. 가끔 록이는 방황하는 내국인 같은 아버지를 두고 슬퍼하는 엄마에게 말하곤 했다.

"엄마, 이제라도 늦지 않았으니까 연애를 좀 해보시지 그래요. 비밀은 우리 둘이 충분히 지켜 줄 테니까."

우리 자매는 둘 중에 누구든 빨리 결혼하기를 바라는 엄마의 의도가 엄마의 뜻대로 관철되지 않게 하기 위해 서둘러 조잘거렸다. 요즘 자꾸 살이 찌고 있는 엄마는 다이어트 비법만 말하면 열중해 버리므로 그건 별로 어려운 일이 아니었다.

"밥 대신 말이야, 두부를 먹는 거래. 그렇게 해서 누가 한 달에 칠 킬로그램이나 뺐다고 하더라니까."

"국수나 빵은 안 돼. 술도 안 돼. 그리고 포도나 수박이나 뭐 이런 걸로 하는 원 푸드 다이어트는 요요 현상이 너무 심해서 안된대."

우리는 버터가 듬뿍 들어간 하얀 식빵에 크림치즈를 바르고 그 위에 두꺼운 햄을 끼워 먹으며 그런 이야기들을 했다. 엄마는 부엌으로 가서 진한 요구르트를 가져와 우리 잔에 부어 주었다. 그때 전화벨이 울렸다. 문득 예방 주사를 맞으러 가는 줄에 서 있는 듯한 기분이 들었다. 분명 저 전화의 발신자가 누구인지 나는 알 것만 같았다.

"홍, 밥 먹으러 나와라. 날씨가 너무 좋다!"

민준은 언제나처럼 경쾌하게 말했다. 맑은 겨울 날씨처럼 쟁하고 뽀송뽀송한 목소리였다. 그러나 그의 목소리에는 평소와는 다른, 뭐랄까 조금은 단호한 명령조의 어투가 배어 있었다. 아니, 나 혼자만의 생각이었을까? 나는 민준이 어제 왜 전화를 받지 않았느냐는 질문을 하지 않는다는 것을 의식했다. 공연히 미안한 생각이 들었다. 하지만 그와 결혼을 약속한 것도 아니고 그에게 사랑한다고 말한 적도 없었는데라는 생각이 들자 나는 또 그를 두고 미안한 마음을 갖는 나 자신에게 조금 짜증이 났다. 나는 하는 수 없이 그러마고 대답하고 말았다. 전화를 끊으려는데 수화기 저쪽에서 민준이 나를 부르는 소리가 들렸다.

"흥…… 나 보고 싶지 않니?"

나 보고 싶었어? 얼마만큼? 언제? 라고 나도 물었던 적이 있다. 아마 내가 준고와 사랑에 빠졌던 시절이었을 것이다. 왜 사랑에 빠져 있는 사람들은 그렇게나 자주 사랑하느냐고 묻는 것인지, 왜 사랑하는 사람들끼리는 그렇게나 자주 보고 싶었느냐고 묻는지……. 나는 민준을 두고 그가 나를 사랑할까, 라든가 그가 나를 보고 싶어 할까, 라든가 하는 궁금증을 가져 본 일이 없었다. 그렇다면 민준은 친구인 나를 두고 사랑에 빠진 것인지, 나는 당황스러워졌고 그래서 그저 응, 이라고 말해 버렸다.

"보고 싶으냐는 물음이 아니라 보고 싶지 않으냐는 물음에 응이라고 대답한 건 대체 무슨 뜻이니?"

민준은 하하, 웃었다.

16

식사를 마친 엄마는 찬장의 그릇을 꺼내 씻기 시작했다. 엄마의 기분이 별로라는 걸 어젯밤부터 느끼기는 했었지만 계절이 바뀌지도 않았는데 그릇들을 다 꺼내어 다시 씻는 것을 보면 아무래도 엄마의 기분이, 그러니까 별로인 것 같았다. 나는 그러는 엄마가 조금 안쓰러워서 하는 수 없이 청소기를 꺼내들고 거실을 청소했다. 마음이 심란할 때는 육체를 움직이는 것이 좋은 일이란 걸 나는 알고 있었다.

　"나 리포트 써야 돼. 마저 마쳐야 한다고."

청소기의 소음을 들은 록이가 애원하는 듯한 표정으로 말했지만 나는 구석구석을 청소기로 밀었다. 아무래도 록이와는 달리 나는 맏딸이라 그런가. 이상하다. 나이가 들면서 조금씩 내가 싫다고 말해 오던 엄마의 어떤 부분들이 이해되기 시작했다. 엄마는 우리에게 집안일을 시키지 않았다. 엄마는 늘 말하곤 했다.

"하지 말고 그냥 둬라. 시집가면 만날 할 텐데."

그러면 나는 입술을 뾰로통하게 내밀며 말하곤 했다.

"난 안 해! 하녀가 있는 남자에게 시집갈 거야."

그러면 록이가 대개는 시니컬한 표정으로 끼어들곤 했었다.

"하녀가 있는 남자가 뭐 하러 장가는 가겠어?"

아니다. 나는 안다. 사랑에 빠지면 사람은 보수적으로 변하는 것만 같다. 집안일을 싫어하는 나였지만 나는 준고의 집을 누구에게도 손대게 하고 싶지 않았다. 그의 땀내가 배어 있는 그 속옷을 누구에게도 빨게 하고 싶지 않았다. 한국과는 달리 빨래가 잘 마르지 않았던 도쿄의 날씨, 나는 아직 덜 마른 그의 티셔츠와 바지 그리고 준고의 속옷까지 정성스레 다림질을 하고 향긋한 세제 냄새가 풍기는 그 속옷 하나하나에 입을 맞추었다. 어느 날은 장난기가 발동해서 빨간 립스틱을 바르고 거

기다가 조그맣게 내 입술 자국을 내어 놓기도 했다. 그걸 본 준고의 얼굴 표정을 상상하면서……. 대청소를 하면서 또 그의 생각이 떠오르다니, 별로 기분이 좋지 않아져서 나는 서둘러 거실을 정돈하고 녹차를 진하게 끓였다. 말간 겨울 햇살이 누런빛의 정원으로 쏟아지고 있었다. 녹차의 연한 초록빛을 바라보고 있노라니, 한때 저 정원이 지치도록 짙푸른 초록으로 덮여 있었다는 것을 믿을 수 없었다. 겨울에 태어나 겨울에 죽어 버린 사람이 있다면 그에게 어떻게 한때 저곳에 붉고 노랗고 하얀 꽃들이 피어났었다는 것을 믿게 할 수 있을까 말이다. 빤히 알면서 나조차 가끔은 그게 믿어지지 않았다.

"베니, 네 얼굴은 늘 이상한 생기로 가득 차 있어. 일이 힘들어지면 나는 늘 네 얼굴에서 뿜어져 나오는 그 빛을 기억해."

그건 준고가 한 말이었다. 그런데 얼마 전 나이가 든 필자 선생님이 나를 물끄러미 보더니 말했었다.

"최홍 씨는 가끔 참 어두워. 세상을 다 살아 버린 사람 같아."

그때 눈물이 핑 돌았던 기억.

"선생님에게는 독한 추억이 있나요?"

나는 조금 술에 취해 있었을 것이다. 그렇지 않고서야 그렇게 시비 걸듯이 대꾸할 수가 없었을 테니까.

"아무리 몸을 씻어도 아무리 딴생각을 해도 지워지지 않는 취기 같은, 그런 독한 기억이 있느냐고요?"

나는 조금 슬픈 기분이 되어 녹차잔을 탁자에 놓고 부엌으로 갔다. 말갛게 씻긴 그릇들을 마른행주로 닦고 있는 엄마의 허리를 뒤에서 가만히 껴안았다.

"애가 안 하던 짓을 하니."

엄마는 싫지는 않은지 조금 웃었다. 나는 엄마의 등에 얼굴을 대었다. 등은 조그맣고 따뜻했다. 엄마의 이 조그만 몸에서 키가 훌쩍 큰 우리 자매가 나왔다는 것을 실은 믿을 수가 없었다. 나는 내가 아기였을 적의 엄마 얼굴을 기억할 수가 없다. 그러니 우리는 기억이라는 것에 그렇게 전적으로 의지해서 누군가를 내내 원망할 수 있을까?

"엄마는 아빠를 아직도 사랑해?"

내가 물었다. 내가 뺨을 대고 있는 엄마의 등이 잠시 굳어졌다.

"……사랑은, 하지. 그런데 좋아하지는 않아."

나는 엄마의 등에 계속 얼굴을 댄 채로 엄마가 틀어 놓은 개수대의 물소리를 듣고 있었다. 사랑은 하는데 좋아하지는 않는다. 그건 어떻게 다른 것일까.

"엄마, 나 민준일 좋아하고 있어. 참 보기 드물게 훌륭한 남자라는 것도 알고 있어. 엄마 맘에 들고 아빠 맘에 들고 돌아가신 할아버지도 마음에 들어했다는 것도 알고 있어."

엄마가 행주질을 멈추고 허리를 감고 있는 내 손을 떼어 놓은 다음 나를 돌아보았다. 왠지 나는 엄마를 똑바로 마주 볼 수가 없었다. 나는 자신 없이 중얼거렸다.

"훌륭한 남자라고 해서 내가 사랑해야 하는 것은 아니잖아?"

그가 왔니? 하고 엄마가 물어보지 않아서 다행이었다. 만약 엄마가 그렇게 물었다면 나는 말했을 것이다.

'하느님이 미워, 엄마.'

두꺼운 검정 트레이닝복 바지 위에 보라색 털잠바를 입고 무릎 덮개까지 한 채 정원에 앉아 햇볕을 쬐었다. 정원용 가스 스토브가 내 등을 따뜻하게 하고 햇볕은 내 콧등이 차가워지는 것을 막아 주고 있다. 엠피스리 플레이어에 연결된 이어폰을 귀에 꽂고 엄마가 만들어 준 따뜻한 카푸치노를 마신다. 거품이 많은 카푸치노는 달콤하고, 귓가에 울리는 아말리아 로드리게스의 파두는 계피처럼 쌉쌀했다. 달콤하고 쌉쌀하고 이 정도면 괜찮은 오후였다.

리스본, 어두컴컴했던 그 카페. 아마 벽이 희끗희끗 회칠을 한 벽돌로 쌓여 있었던가. 흰 테이블보와 붉은 포도주. 작고 수수한 하얀 접시에 담긴 그린올리브. 같은 테이블에 동석한 일본인 청년은 연신 작은 눈을 반짝이며 사람들을 살피고 있었다. 흑단같이 검은 양복을 입고 수염을 기른 네 명의 악사들의 반주에 맞추어 노래하던 젊은 여인은 자신의 머리 타래처럼 풍성한 고음을 가지고 있었다. 록이는 포도주 한 잔에 졸기 시작하는데 나는 그 여인에게서 시선을 뗄 수가 없었다. 가사 내용은 모르지만 내게는 잃어버린 것에 대한 노래라고 느껴졌다. 포르투갈을 떠날 때 음반을 사고서야 파두라는 단어가 운명이라는 뜻이라는 것을 알게 되었다. 운명…….

언어가 다르다고 해도 인간이 서로의 마음을 전달할 수 있는 방법은 많다. 그 여가수의 눈빛, 깊은 바닷속을 유영하는 물고기처럼 살짝 비틀리는 몸짓, 가슴에 얹히는 손가락의 각도. 같은 테이블에 앉았던 일본인 젊은이가 정중한 말투로 물었었다.

"포도주 한 잔 더 할래요?"

노래는 계속되고 있었다. 내가 아무 말도 하지 못하자 일본 청년은 미안해요, 꼭 일본인인 거 같아서, 하고 말했다. 배낭을 메고 유럽을 돌며 나는 많은 일본 젊은이를 만났다. 일본 말로 이야기할 때도 있었고 록이를 생각해 영어로 이야기할 때도 있었다. 서양에서 우리는 누구보다도 닮은 친근한 형제 민족 같았다. 그런데 동양으로 돌아오면…….

우리는 다음날 호카곶으로 떠났다. 시베리아가 유라시아 대륙의 동쪽 끝이라면 거기는 서쪽 끝. 스페인 쪽으로 가자는 록이에게 나는 두 살 많은 언니로서 큰소리를 쳤던 것이다.

"이 언니 성질 알지? 원래 나는 끝까지 간다는 거."

그 절벽 한 귀퉁이에 서자 비석이 하나 있었다.

"이제 이곳에서 땅이 끝나고 바다가 시작된다."

카몽이스라는 시인이 쓴 시의 한 구절이라고 했다. 유라시아 대륙 동쪽 끝 한국이라는 나라에서 온 우리 자매는 우리 몸집의 거의 두 배는 되는 배낭을 짊어진 채로 김치, 하며 사진을 찍었다. 이어폰을 통해서 내 귓가로 울리는 파두는 그 절벽 아래 펼쳐졌던 파란 바다처럼 내 귀에서 찰싹거린다.

"언니, 이렇게 당연한 말도 유명한 시인이 하면 비석까지 세워 주고 그러는 거야?"

록이가 투덜거리는 말이 파도 소리에 지워지는 그 절벽에 나는 서 있었다. 그 유라시아 대륙 동쪽에서 서쪽 끝까지 얼마나 많은 나라와 민족이 있는지 나는 다 헤아릴 수 없었다. 그리고 그 수많은 민족 중에서 한국과 일본은 가장 닮은 말과 얼굴을 가지고 있었다.

"우리는 얼굴빛도 눈빛도 머리카락의 빛도 같아. 그리고 우리는 모두 지구라는 푸른 별에 살고 있잖아."

그 말을 한 것은 나였던가? 왜 그걸 강조해야 했을까? 만일 민준에게였다면 그 말을 할 필요조차 없었을 것이다. 준고 역시 칸나 같은 일본 여자에게는 그런 말을 할 필요가 없었을 것이다. 나는 무서웠다. 그는 모르고 나는 아는 것들이 있다는 사실을 말할 수가 없었다. 그의 가족은 개의치 않아도 나의 가족은 신경 쓰는 일들이 있다는 것도 내색할 수가 없었다. 나는 이노카시라 공원의 녹음 속을 뛰어가며 준고에게 외쳤다.

"그런 건 아무 문제도 아니잖아! 그치?"

"언니, 약속 있다고 하지 않았어?"

록이가 새로 만든 카푸치노가 담긴 잔을 정원 탁자에 놓으며 물었다. 뭐라고? 하면서 이어폰을 귀에서 떼어 낸 후 시간을 보니 약속 시간에서 십오 분이 지나 있었다. 벌떡 일어나 이층 내 방으로 달려갔다. 대충 립글로스만 바르고 거울을 보니 몰골이 말이 아니었다. 하는 수 없이 검은 니트 목도리를 두르고 핸드백을 들었다.

"내 부츠는 벗어 놓고 가."

번개와 놀고 있던 록이가 뛰어나가는 나를 보더니 소리를 질렀다. 하지만 나는 록이의 말을 못 들은 척하고 그냥 뛰었다. 뛰는 건 자신 있으니까 십 분 안에 도착할 수 있을 것이다. 게다가 이런 때가 아니면 그 아이가 빌려 주지 않던 연한 베이지색 웨스턴 부츠를 언제 또 빼앗아 신어 본단 말인가. 번개가 컹컹 짖었다.

18

호반의 집, 내가 언제나 앉아 있곤 하는 그 집 이층 창가에 민준은 앉아 있었다. 창가를 통해서 내가 달려오는 모습을 바라보고 있었던 모양이다. 숨을 헐떡이며 이층으로 올라가니까 민준이 언제나처럼 작은 문고판 책을 얼굴 가까이에 들고 읽고 있다가 나를 보더니 빙그레 웃었다. 시간을 보니 약속한 시간에서 이십오 분이나 지나 있었다. 나 자신이 싫어지는 때가 이런 때다. 늘 하던 실수를 늘 하는 나 자신을 바라볼 때, 그리고 심지어 그것에 뻔뻔해지지도 못할 때. 하지만 다음번에 그 순간이 온대도 내가 결국은 그 실수를 또 하고야 말 거라는 걸 알 때. 머리에 끈을 동여매고 결심을 하거나 구호를 한 달쯤 외치며 참회의 눈물을 흘리거나 다시 태어나기 전에는 늘 데리고 살아야 하는 나의 결점들을 그렇게 보게 될 때. 그리고 내가 고작 거기까지의 인간이라는 걸 그래서 또 깨닫게 될 때.

"맛있는 케이크 먹자. 내가 낼게, 오늘은."

나는 미안하다는 표시로 그렇게 말하고 로즈허브티와 애플파이를 하나 시켰다. 민준은 언제나처럼 그냥, 블렌드 커피였다. 어린아이 주먹만 한 앙증맞은 투명한 유리 주전자와 유리잔에는 아기 장미의 꽃봉오리들이 피어나고 있었다. 뜨거운 물속에서 꽃봉오리들이 진한 자줏빛으로 다시 피어나고 있는 로즈허브티는 내가 민준과 만나면 자주 마시는 차였다.

그러고 보니 민준은 연회색 줄무늬 양복 차림이었다. 진한 감색 와이셔츠를 입고 그 안에 약간 광택이 있는 연베이지색 실크 넥타이를 맸다. 탁자에 걸쳐져 있는 것은 역시 연회색 홈스펀 외투였다. 토요일 오후치고는 너무 포멀한 복장이었다.

"네가 웬일이야? 너 약혼하니?"

내가 놀리듯 말하자 민준은 으음 친구 결혼식이 있었어, 하고 말했다.

"아침에 말이야, 넥타이를 매는데 어머니가 누구 결혼식이냐고 물으시잖아. 누구라고 말씀드렸더니 걔 저번에도 결혼식하지 않았니, 하시는 거야."

민준은 커피에 설탕을 넣고 저으면서 말했다. 언제나 그 목소리, 낮은 미의 음이었다.

"그래서 내가 네, 이게 두 번째예요, 하니까 어머니가 나를 약간 한심스럽게 쳐다보시더니, 걔는 재주가 많아서 벌써 두 번이나 가는데 넌 도대체 뭐 하는 거냐? 하고 잔소리가 시작되기에, 그 자리에서 얼른 도망쳤지. 아마 오늘은 좀 늦게 들어가는 게 좋지 않을까 싶어."

나는 약간 고개를 갸웃하다가 웃기 시작했다. 스물아홉에 재혼이라는 말이었다. 민준은 남들이 하면 별로 우습지도 않은 이야기를 자근자근 재미있게 하는 장점을 가지고 있었다. 그것도 미 음 하나로.

"나 그 애 싫어. 걔 전 부인이랑 신혼여행 다녀오자마자 바람피운 그 애지? 어떻게 그럴 수가 있어. 그건 나쁜 거잖아."

내가 애플파이를 입에 떠 넣고는 뜨거운 사과조림 때문에 입을 헤벌리고 말했다.

"아니, 지금 결혼한 쪽이 실은 먼저였어. 집안 반대로 결혼 하긴 했는데, 아무래도 문제가 많았던 모양이야."

"그렇지만 싫은데 억지로 한 건 아니잖아. 약속했으면 지켜 야 하잖아. 약속인데."

민준이 커피 잔을 차분하게 내려놓고 언제나처럼 무릎 위 에 손을 가지런히 모으며 투명한 안경알 너머로 그런 나를 물 끄러미 바라보았다.

그런 민준의 태도를 바라보고 있으면 갑자기 내가 무슨 말 을 하고 있는 거지, 하고 생각하게 된다. 민준은 언제나 바르 고, 사려 깊고, 배려가 많고, 그리고 신중하니까. 약속에 늦은 적도 없고, 늦은 일이 있으면 정중하게 양해를 구하고, 그리 고 무엇보다 실수를 한 일이 없었다. 그러니까 갑자기 아니 꼭 갑자기는 아니지만, 그 애가 그러면 나는 늘 틀리고, 덜렁 거리고, 감정적이고, 남 생각 못 하고, 실수투성이 철부지가 되는 느낌이 들어 버리는 것이다. 물론 내가 그렇지 않은 사 람이라는 말은 아니나, 늘 내가 그런 사람인 것도 아닌데 딱 그런 사람인 것만 같고, 심지어 가끔은 그런 사람이어야만 할 것 같은 느낌이라고나 할까.

"사람이 사는데, 꼭 나쁘다는 것이 과연 존재할까? 더구나 누구를 사랑하는데. 그건 말이야, 그저 과거의 일일 뿐이야. 되돌릴 수도 없는 거, 그냥 오늘을 살고 내일을 바라보고 그러는 게 좋지 않겠니?"

민준은 약간은 정색을 하고 말했다. 과거, 오늘 그리고 내일……. 그 말이 왠지 그냥 예사로이 들리지 않았다. 약간 야단을 맞거나 훈계를 듣는 기분으로 앉아 있는데 그가 다시 말했다.

"참, 어제 그 일본 작가 접대는 잘했어? 신문에 실린 광고를 보니까 자식, 일본 녀석치고는 잘생겼더라."

19

나도 모르게 얼른 창밖을 내다보고 말았다. 창밖에는 하얗
게 얼어 버린 호수에 엊그제 내린 눈이 아직 쌓여 있었다. 그
한 귀퉁이 아직은 얼지 않은 청동빛 물 위로 오리들이 꽁지를
쫑긋쫑긋 세우고 헤엄을 치고 있었다. 차가운 물에 배를 대고
사는데 춥지 않을까, 뭐 이런 생각을 하는 편이 나을 것이다.
일찍 어둠이 내리기 시작해서 멀리 요한성당에 불빛들이 어둑
하게 밝혀지기 시작했다.

　"난 이 시간이 참 좋아. 이렇게 어둑해지고, 멀리 불빛들이

노랗고."

내가 말을 돌리자 민준이 물끄러미 나를 바라보다가 피식 웃었다.

"난 이런 시간에는 오늘은 무슨 술을 마실까 생각해. 그도 아니면 아무래도 결혼을 해야겠다는 생각……."

갑자기 기분이 이상해졌다. 일본에서 보낸 일 년 육 개월 때문에 나보다 먼저 졸업을 하게 된 민준이 내게 했던 말이 생각 났다. 그때 이 공원은 저수지였었다. 이 카페 자리에는 낚시꾼 들을 위한 조그만 간이식당이 있었다. 이 앞을 걸으면서 눈길 에 내가 미끄러지려고 하니까 내 손을 잡으며 그가 말했었다.

"같이 공부하러 미국으로 가자. 이 미끄러운 도시에 널 놔 두고 가는 건, 꼭 우물가에 어린아이를 놔두고 가는 것만 같아 서……."

어색하게 손을 빼면서 내가 말했었다.

"야아, 그런 말은 뭐라도 좀 하고 나서 하는 말이지. 오해하 지 말았으면 좋겠는데 그러니까, 뭐라는 건……."

민준이 웃으며 말했었다.

"결혼하고 하면 되잖아. 하나씩 하나씩. 그럼 지금 우리 그 하나부터 해볼까?"

집 앞으로 날 데려다주면서 민준이 나를 우리 집 담 밑으로 가볍게 밀었다. 하필이면 내가 일본에서 돌아온 후 한동안 집 대문의 초인종을 누르기 전에 늘 울던 그 담 밑, 그 자리였다. 결혼을 해버리려는 생각이 없었던 것도 아니다. 그 무렵 엄마는 말이 없어진 내게 그렇게 말했었다.

"결혼은 사랑하는 사람과 하는 게 아니야. 그건 지옥으로 들어가는 거지. 결혼은 좋은 사람하고 하는 거야."

그러니까 사랑했던 그 사람 말고 민준이랑, 착하고 예의 바르고 믿음직하고 좋은 민준이랑, 무엇보다 나와 같은 한국 사람인 민준이랑 결혼을 하고 미국으로 떠나 아이를 안고 공항으로 돌아올 수 있다는 가능성을 아예 생각해 보지 않았던 것은 아니다. 그런데 민준이 날 안고 입을 맞추려는 순간, 결혼은 할 수 있는데 입은 맞출 수 없다는 생각이 들고 만 거였다. 나는 나도 모르게 그를 가볍게 밀었다. 가볍게 밀었지만 거절의 뜻은 그에게 분명히 전달된 것 같았다.

"미안해 민준아, 그냥 내 말은……. 그냥 못 하겠어."

호숫가를 스쳐 온 차가운 바람이 그와 내가 서 있는 틈으로 맹렬하게 불어 갔다. 그날이었을 것이다. 민준이 물었었다.

"너, 일본에서 무슨 일 있었니?"

갑자기 너무 많은 생각들이 몰아치고 있었다. 그리고 그 생각 끝에 준고가 서 있었다. 결국은 또 그가 서 있는 것이다. 호숫가의 녹음 아래서 뛰어오는 나를 바라보던 그가. 이곳에 돌아온 그가. 지금은 나와 같은 하늘 아래서 걷고 있을 그가. 이렇게 해 지는 시간에 그는 무슨 생각을 하고 있을까.

"나가서 술 사 줘. 나 술 먹고 싶어."

내가 말했다. 민준은 아무 말 없이 코트를 집어 들었다.

20

호숫가의 포장마차에는 때 이른 손님이 두엇 있었다. 내 잔에 소주를 따라 놓고 민준은 검은색 목도리를 여민 채 두 손을 코트에 찌르고 앉아 있었다. 그에게 고마울 일이 참 많았다. 그에게 미안할 일도 참 많았다. 여기서 가끔 둘이 술을 마시다가 멀리 떨어진 율동공원의 화장실에 가야 할 일이 있으면 민준은 화장실까지 따라와 내 핸드백을 들고 여자 화장실 앞에 서 있곤 했다. 나는 소주를 한입에 털어 넣고 그에게 잔을 권했다.

　"천천히 마셔."

민준이 말했다. 그도 언젠가 그렇게 말했었다. 그때는 일본 술이었고 지금은 한국 술이다. 그때는 그가 옆에 있었고 지금은 민준이 옆에 있다. 그때는 스물둘이었고 지금은 스물아홉이고, 그때는 어떻게든 아직 세상이 두렵지 않았다. 변하지 않은 것이라고는 내가 최홍이고, 내가 한국 사람이고, 여자며 미혼이라는 사실뿐이다.

그리고 그날 준고와 처음 이야기를 나누며 민준의 이야기를 했었다. 어린 시절부터 알던 남자 친구라고, 멋있고 잘생기고 착하다고. 남자 친구 있느냐고 물어서 그냥 좀 과장을 해버렸던 것이다. 그러자 준고는 헤어진 칸나 이야기를 했다.

"이런 멋진 남자를 버리다니 고마운 일인걸."

나는 마음속으로 웃었다. 호수 건너편에 가서 한잔 더 하자고 한 것은 나였다. 이제 내가 마음에 드는 그에게 싱글이라는 고백까지 받아 냈으니 우연히 다가온 이 기회를 놓칠 수는 없었다.

그리고 결국 나는 준고의 등에 업혀 그의 집으로 갔고 다음날 아침 그 방에서 깨어났다. 눈을 뜨고 그곳이 그의 집이라는 것을 알았을 때, 그는 내 곁에 없었다. 나는 혼자서 빙그레 웃었던 것 같다. 운명의 문이 열린 것 같았고, 속마음을 말하자면 이제 무언가 시작되는구나 싶었다. 기뻐서 말이다.

"가끔은 말이야. 내가 나쁜 여자인 것만 같은 생각이 들어."

민준은 말없이 안경을 잠시 올렸다가 다시 주머니에 손을 찔렀다. 딱히 나를 바라보고 있지는 않았지만 내 말을 듣고 있다는 것을 알 수 있었다.

"그런데 말이야, 또 가끔은 내가 나쁜 여자였으면 좋겠어."

바람이 차가워서 발이 시렸다. 나도 보라색 털잠바에 손을 찔러 넣었다. 민준이 내 앞으로 어묵 국물을 밀어 주었다.

"엄마가 말이야, 아빠를 사랑하기는 하는데 좋아하지는 않는대…… 그건 어떻게 다른 걸까 내내 생각해 봤어. 사랑하면 말이야. 그 사람이 고통스럽기를 바라게 돼. 다른 걸로는 말고 나 때문에. 나 때문에 고통스럽기를, 내가 고통스러운 것보다 조금만 더 고통스럽기를…… 오래전부터 말하려고 했는데, 나는 너를……"

민준이 내 입에 닭꼬치를 하나 넣어 주었다.

"맛있지? 안주 먹으면서 마셔."

민준은 소주를 입에 털어 넣었다. 내가 닭꼬치를 겨우 씹고 다시 말했다.

"그러니까 내 말은 감정이라는 게 말이야……."

민준은 내 손에 자신이 마신 잔을 쥐어 주더니 소주를 가득 따랐다. 나는 하는 수 없이 소주를 마셨다. 민준은 내 입에 김치 한 쪽을 집어넣어 주고는 맛있지? 했다. 나는 고개를 끄덕였다.

"그냥 마셔. 맛있게 먹고 마셔. 지금은 그러면 좋아. 춥다 그치?"

민준은 어깨를 부르르 떨더니 내 등을 가볍게 쓸어내렸다.

"야아, 너 왜 내가 모처럼 좋은 말 좀 하려는데 입 속에다 뭘 자꾸 넣어 가지고는 못하게 하고 그래?"

민준이 소주잔을 입에 가져가려다가 가볍게 웃었다.

"내가 언제 못하게 했어, 먹으면서 천천히 하라고 했지. 말할 시간은 많을 거야. 그러다 보면 그 말을 하는 동안, 네가 말하는 그 감정이라는 것도 변해 가. 네가 무슨 말을 하려고 했는지도 잊어버리고, 네가 왜 그 말을 하려고 했는지도 모르게 되고. 감정은 변하는 거니까. 그건 고마운 거야. 변하니까 우린 사는 거야."

그날 내가 무슨 말을 더 했는지 생각이 나지 않았다. 춥다는 생각이 들었고, 포장마차의 포장이 바람에 펄럭일 때마다 검은 거울 같은 호수가 보였고, 그럴 때 그날처럼 비가 왔으면 좋겠다고 생각했었다. 문득 내 옆에 앉은 사람이 준고일까 싶어 아주 짧은 순간이었지만 혼자 화들짝 놀라기도 했다. 집 앞에까지 나를 데려다주고 민준은 돌아섰다. 문득 지금 민준이 나를 안으면 입을 맞출 수 있겠다는 생각이 들었다. 하지만 민준은 내 이마에 흩어져 버린 머리칼을 가만히 쓸어 주었다.

"귀찮더라도 따뜻한 물에 샤워하고 자. 감기 걸리겠다."

돌아서는 그를 바라보면서 나는 대문 앞에 서 있었다. 하늘엔 별이 후득후득했다. 내 입에서 하얀 김이 수증기처럼 쏟아지고 있었다. 다시 하루가 겨우, 지나갔다. 그가 일본으로 돌아갈 날이 이제 나흘 남았다.

21

내가 대문을 열쇠로 열고 들어가자 마당에 있던 번개가 일
어서는 기척이 들렸다. 그냥 들어가려다가 문득 뒤를 돌아보
았는데 번개가 두 발을 앞으로 그러모으고 나를 빤히 바라보
고 있었다. 나는 현관 쪽으로 걸어가다 말고 번개에게 다가갔
다. 번개는 내가 다가오는 것을 보더니 그야말로 번개처럼 일
어나 내 곁으로 다가왔다. 나는 조금 망설이다가 번개 앞에 쪼
그리고 앉았다. 소주 때문에 얼얼해진 뺨으로 찬바람이 부딪
혀 오는 게 싫지 않았다. 번개는 내가 쪼그리고 가만히 앉아 있

자 내 곁을 잠시 서성이더니 제자리에 앉아 나를 빤히 바라보았다. 동생 록이는 내가 번개에게 너무한다는 말을 자주 했었다. 산책을 데리고 나가는 일도 없었고 가끔씩 목욕을 시켜 주는 일도 없었다.

"야 번개, 미안하다, 인마."

번개는 앞발을 모으고 귀를 쫑긋했다.

"내가 일본에서 돌아오니까, 난데없이 미루가 죽었다잖아. 너 미루 모르지? 너 전에 이 자리를 지키고 있던 진돗갠데 내가 키웠거든. 아주 어릴 때 우리 집으로 와서 차마 마당에 내놓을 수 없게 작은 강아지여서, 내 방에서 내가 우유 주고 내가 목욕시켜 주고 내가 키웠거든……. 엄마가 그러는데 나는 할아버지를 닮아서 하나밖에 모른대. 내가 생겨 먹기를 그렇게 생겨 먹었어. 그러니 날 너무 야속하게 생각하지 마……."

번개는 내 말을 알아듣는 것처럼 가만히 나를 바라보고 있었다. 약간 노란빛이 도는 갈색 눈동자가 어두운 정원의 외등 아래서 반짝이고 있었다.

"있잖아, 쏘아 버린 화살하고 불러 버린 노래하고 다른 사람이 가져가 버린 내 마음은 내가 어쩔 수가 없단 말이야, 짜샤."

나도 모르게 딸꾹질이 나왔다. 입을 막고 딸꾹질을 그쳐 보려고 애쓰는데 어느 주말 밤에 쭈그리고 앉아 딸꾹질을 하면서 개와 이야기하고 있는 스물아홉을 맞을 줄을 어렸을 때의 나는 상상이나 했을까 하는 생각이 들었다.

"인마, 네가 아무리 풍산개고 너네 조상 중에 하나가 우연히 호랑이를 잡았다고 해도 내 마음은 어쩔 수가 없단 말이야. 인마, 마음이란 게 원래 그런 거, 너 아니?"

나는 일어섰다. 우윳빛 털이 예뻤던 미루, 내가 엄마인 줄 알던 미루.

나는 방으로 돌아와 옷을 입은 채로 침대에 누웠다. 눈을 감으면 꿈속에서 이노카시라 공원으로 내 영혼이 달려갈 것만 같아 나는 두려웠다. 어렸을 때 읽은 동화에 그런 말이 나왔었다. 꿈속에서 우리의 영혼은 마음껏 이 세상을 떠돈다고. 만일 당신이 꿈속에서 누군가를 만났다면 그건 그 사람의 영혼도 밤새 당신을 만난 거라고 말이다. 그렇다면 어제 준고의 영혼도 나와 함께 이노카시라 공원 근처에 있었던 것일까.

세상에서 정말로 돌이킬 수 없는 것은 흘러간 강물과 지나간 시간과 떠나간 마음이라는데, 밤마다 내 영혼만 호숫가를 서성이며 그를 기다리고 있는 것 같아서 마음이 쓰라렸다. 혼자서 그의 집을 나오던 그날 밤, 공원 길을 걸어 기치조지역을 향해 가면서 나는 중얼거렸었다.

"대체 왜 그러느냐고, 내가 뭘 그렇게 잘못했느냐고, 마치 아무 일도 없었던 것처럼 천진한 눈으로 그렇게 묻지는 마……. 내가 너보다 많이 슬펐고, 내가 너보다 많이 기다렸고, 내가 너보다 많은 걸 걸었으니까. 그러니 이제 나를 잊어. 칸나를 잊듯이, 벚꽃이 일제히 지듯이 그렇게……. 더 많이 사랑했던 사람하고, 더 아팠던 사람하고, 정말 처음이었던 사람들이 이미 불행하기로 되어 있었던 걸 너는 모르겠지, 영영 그렇게 모르겠지. 그러니 잊어. 하나도 남김없이 잊어."

그러면서 나는 아마도 뒤돌아보고 있었던 것 같다. 누군가 다가오는 발자국 소리가 실은 마른 나뭇잎이 바스락거리는 소리인 줄도 모르고 이제 그를 떠나야 한다는 결심과 제발 그가 다가와 날 붙들어 주기를 바라는 마음이 팽팽히 맞서는 것을 느끼며 그곳을 떠나왔던 것이다.

나는 자리에서 일어나 창문을 열었다. 찬바람이 창으로 맹렬하게 몰아쳐 들어왔다. 오랫동안 내 창밖에 머무르다가 이제야 몰아쳐 오는 기억처럼. 그곳을 떠나던 그날 밤처럼 나는 그 차가운 창밖으로 얼굴을 내밀고 중얼거렸다.

"잊지 못할 줄 몰랐어. 실은 잊지 못할 줄 알았지만 그래도 이렇게 오랫동안 잊지 못할 줄은 몰랐던 거야. 결국 넌 영원히 나와 함께 살아가게 된 거야. 어쩌자고 돌아왔니, 이 나쁜 자식아, 이 나쁜 자식아."

22

어젯밤 술을 과하게 마신 탓인지 늦잠을 자 버리고 말았다.
다행히 아무 꿈도 꾸지 않았다. 그래서 다행이라고 생각했는
데 그럼, 어젯밤 그의 영혼은 나와 만나지 못했겠구나 하는 생
각이 들었다. 터무니없는 줄은 알지만 갑자기 바람이라도 맞
은 것처럼 서운했다.

　일요일 아침 집 안이 조용한 것을 보니까 모두들 성당에 간
모양이었다. 따뜻한 이불속에서 발가락을 꼼지락거리고 있다
가 큰 결심이라도 한 듯 일어나 두 팔을 쭉 펴고 스트레칭을 했

다. 이층 내 방 창 앞에 매달아 둔 바람종이 작게 땡그랑거린다. 오디오 앞에 앉아 시디 장에서 로라 피기의 「아이 러브 유 포 센티멘털 리즌스」를 찾으려고 하는데 문득 비창이라는 글씨가 눈에 들어왔다. 그건 그저 하나의 시디였을 뿐인데 준고라도 만난 것처럼 가슴이 쿵 하고 내려앉았다. 그와 헤어진 이후 나는 저 음악을 들을 수가 없었다. 그리운 사람을 생각하면 슬픈 귀가 열린다, 라고 그제 밤 록이는 그가 쓴 구절을 내게 읽어 주었다. 그 그리운 사람이라는 게, 설마 나니? 하고 물어볼 수는 없는 일이었다.

나는 그 자리에 주저앉았다. 성당에 못 갔으니까 호숫가를 나가 달리기라도 하려고 했는데 온몸에서 힘이 쭉 빠졌다. 창백한 겨울 햇살은 커튼 너머에서 넘실거리고 있었다. 주머니에 넣어 둔 휴대 전화에서 문자 메시지가 오는 소리가 들리지 않았다면 무슨 생각이 들었을지 모르겠다.

술 좀 깼니? 해장국으로는 북어를 넣은 콩나물국이 제격이야. 나는 어제 집으로 오는 길에 혼자 단골 바에서 한잔 더 마셨어. 그래 나쁜 여자가 돼 봐. 홍, 그래야 네가 행복하다면.

민준의 메시지였다. 나도 모르게 피식하고 웃고 말았다. 응, 그렇게 하고 문자를 보내고 커피를 한 잔 더 마시려고 하는데 다시 민준에게 메시지가 왔다.

나 콩나물국 잘 끓인다. 아아, 매일 콩나물국 끓여 주고 싶다.

눈을 동그랗게 뜨고 몇 번을 읽었다. 어제 민준은 해가 지는 시간이면 결혼을 하고 싶다고 말했었다. 결혼, 엄마는 사랑하는 사람하고는 결혼하지 말라고 한다. 친구들은 꽃잎이 지듯 하나둘씩 미혼 딱지를 뗐다. 참 이상한 일이었다. 결혼이라는 것만큼 이미 해본 사람은 하지 말라 하고, 하지 않은 사람은 기어이 하고 말려는 것이 또 있을까. 사람들은 인터넷으로 물건을 주문할 때면 그토록 꼼꼼히 리뷰들을 챙기면서 결혼이라는 사건에 대해서는 누구의 리뷰도 신경 쓰려고 하지 않는다.

마당이 떠들썩해지면서 식구들이 돌아오는 소리가 들렸다. 록이가 아빠에게 투덜거리는 소리와 함께 현관문이 열렸다.

"그러니까 어젯밤에 아빠 서재 앞을 지나가는데 내 싸이 배경 음악이 흘러나오는 거야. 이상한 생각에 아빠, 하고 부르니까 음악이 뚝 그쳤어. 내가 올리는 글 몰래 보는 거 싫단 말이야."

록이는 아빠가 가끔 자신의 싸이에 들어가 검색을 하는 것이 싫은 모양이었다.

"그런데 싸이라는 거 남 보라고 글 올리는 거 아니냐?"

아빠가 여유 있게 되받았다. 록이는 입을 삐죽 내밀고 대꾸했다.

"아빠는 남이 아니잖아."

엄마는 식구들이 점심으로 먹을 국수를 삶는 것 같았다. 나는 정원으로 나왔다. 번개가 어젯밤 일을 기억하는지 벌떡 일어나 나를 빤히 바라보았다.

준고를 위해 요리를 한 적이 있었다. 어학원 친구에게 야키소바 만드는 것을 배워 와서 열심히 볶았다. 올리브유를 넣어 볶으라는 대목에서 나는 마가린을 넣었다. 버터를 넣고 싶었지만 그건 너무 비싸기 때문이었다. 바짝 마른 그를 위해 더 영양가 많은 걸 넣어야 했으니까. 그런데 너무 볶아서인지 그가 한 젓가락을 드는 순간 접시에 담긴 국수 가닥들이 서로 붙어서 통째로 들어 올려지고 말았다. 무참히 굳어진 내 표정을 본 준고가 말했다.

"맛……있다고는 못하지만 괜찮아."

그는 부엌으로 가서 포크와 나이프를 가져다가 스테이크를 썰듯이 야키소바를 썰어 입에 넣었다.

"괜찮아 베니, 이 세상에 이런 특이한 야키소바를 먹는 행복한 남자는 나뿐일 거야."

23

나는 그에게 해줄 수 있는 게 없었다. 그의 집으로 무작정 짐을 싸가지고 들어오면서 돈 생각 같은 건 해보지 않았다. 엄마는 정말 송금을 끊어 버렸고 어느덧 나는 그에게 짐이 되고 있는 셈이었다. 준고는 나 때문에 아르바이트를 더 늘린 눈치였다. 그와 함께 있고 싶어서 들어간 집이었는데 나 때문에 함께 있을 수 있는 시간이 줄어들어 버린 것이다. 사고 싶은 것을 다 사던 내 버릇을 고치기도 힘들었다. 돈이 없다고 생각하자 먹고 싶은 음식은 더 많아졌고 평소 같으면 거들떠보지도 않을 물건들이 너무나 가지고 싶었다. 날마다 지나치던 기치조지역 앞 아케이드의 딸기가 얹힌 생크림 케이크는 얼마나 맛있고 화사해 보이던지…….

나는 드디어 프로방스 빵집에 취직을 하기로 했다. 아르바이트를 구한다는 안내문을 보고 들어간 곳에 이력서를 제출했다. 한국 같으면 그냥 들어가 저 여기서 일하고 싶은데요, 하면 그만이었지만 그 작은 일 하나에도 이력서를 써야 되는 일이 만만치 않았다. 그것이 일본일지도 모른다.

일은 힘들지 않았다. 다만 정말 힘들었던 것은 '어서 오세요'라는 뜻의 인사말 이랏샤이마세, 라고 말하는 것이었다. 주인 부부는 내게 그것을 연습시켰다. 두 손을 마주 잡고 얼굴에 일본 인형 같은 웃음을 머금은 다음, 이랏샤이마세에에, 하고 말꼬리를 한껏 올리는 동시에 공손히 허리를 굽혀 절하는 것이다. 한국어를 말할 때는 전혀 쓰지 않는 높은 톤의 목소리를 길게 빼려고 하니까 가부키 배우라도 된 것 같았다. 만일 동생 록이나 친구 지희가 하얀 프릴이 달린 에이프런을 두르고 이렇게 절하고 있는 나를 본다면 무슨 말을 할까. 다행히도 프로방스 빵집은 한국 사람들이 잘 다니지 않는 골목에 있었다.

드디어 첫 월급을 타던 날, 나는 준고에게 크게 한턱을 쓰겠다고 말했다. 너무 먹고 싶던 한국 식당의 불고기를 먹으러 가자고 말했던 것 같다. 전철을 타고 가자는 준고에게 나는 알뜰한 부인이라도 된 것처럼 자전거로 가자고 엄숙하게 말했다. 한 푼이라도 아껴야지, 하고 말했던 것 같다. 가까운 곳이라고 느껴졌던 한국 식당은 나타나지 않았다. 그의 자전거 뒷자리에 앉아서 준고 힘내, 조금만 더 가면 돼, 라고 큰소리쳤지만 나중에는 그 소리도 잘 나오지 않아서 이사 갔나, 라고 조그맣게 말할 수밖에 없었다. 우리가 도착했을 때는 집을 출발한 지 사십 분이 지나 있었고 자전거 뒷자리에서 내가 얼굴을 기대고 있는 준고의 등은 땀으로 흠뻑 젖어 있었다.

한국 식당으로 들어간 우리는 불고기와 김치를 실컷 먹었다. 하지만 다시 사십 분 동안 자전거를 타고 집으로 돌아왔을 때 준고는 다시 배가 고파진 눈치였다.

"그래도 실컷 먹었잖아. 내가 일해서 사 준 건데, 고맙다고 해야지."

나는 미안해서 짐짓 화를 내었다.

"고마워 베니, 맛있었어. 배도 부르고……."

내가 기대고 있던 그의 등에서 축축하게 배어 오던 땀 냄새가 느껴지는 것만 같았다. 괜찮아 베니, 하고 웃던 그의 장난꾸러기 같은 갈색 눈동자, 작은 입술, 부드러운 고수머리……. 눈에 잡힐 듯이, 그러나 텅 빈 겨울 정원의 창백한 갈색 공간으로 그의 모습이 지나간다. 하지만 헤어짐은 결국 내 선택이었다. 엄마 탓도 아빠 탓도 아니었다. 할아버지 탓도 아니었다. 원망할 사람들이 있다면 좋았을 텐데, 라는 생각을 해보지 않은 것은 아니었다. 미안해서 자주 퉁명스러워지던 나를 준고는 이해해 주었다. 그가 감정을 쉽게 표현하지 않는 일본인이라는 것을 나는 잊고 있었다. 그것이 헤어짐의 치명적인 이유였을까. 나는 그를 일본인이 아니라 그냥 사람으로 사랑하고 있었을 뿐이라고 변명해도 될까.

나는 정원의 의자에 앉았다. 헤어짐이 슬픈 건 헤어지고 나서야 비로소 만남의 가치를 깨닫기 때문일 것이다. 잃어버리는 것이 아쉬운 이유는 존재했던 모든 것들이 그 빈자리 속에서 비로소 빛나고 있기 때문일 것이다. 사랑받지 못하는 것보다 더 슬픈 건 사랑을 줄 수 없다는 것을 너무 늦게야 알게 되기 때문에.

이런 생각은 그만, 하고 나 자신을 달래며 자리에서 일어서려는데 어디선가 사슴 떼가 달려오는 듯한 작은 소리가 들려오기 시작했다. 소리는 아주 희미했지만 점점 더 가까이 온다. 익숙한 피아노 선율……「비창」을 판매 금지시키는 독재자라도 등장했으면 좋겠다. 나는 자리에서 일어서 이층으로 뛰어 올라갔다.

24

나는 점심이나 먹고 가라는 엄마의 만류도 듣지 않고 이층 내 방으로 올라가 옷을 갈아입었다. 운동화 끈을 바짝 조이고 집을 나섰다. 차가운 바람이 불었다. 나는 카키색 파카 주머니에서 검은 털모자를 꺼내 뒤집어쓰고 장갑도 끼었다. 그리고 조금씩 보폭을 좁혀 빠르게 걸었다. 호숫가에는 주머니에 손을 찌른 사람들이 몇 명 서 있었을 뿐, 일요일인데도 아주 한산했다. 호반의 집 앞에서부터 속력을 내기 시작했다.

"왜 그렇게 뛰는 거야?"

준고는 가끔 내게 물었다. 아마 내가 날마다 호숫가를 돌기 시작했고 점차 거리를 늘려 한 바퀴에서 두 바퀴, 드디어 네 바퀴까지 뛸 무렵이었을 것이다.

"그냥. 뛸 때는 아무 생각 안 해도 되니까."

나는 윤동주의 시집을 끼고 젊은 윤동주처럼 일본으로 향했다. 할아버지처럼 한글학자가 되거나 아니면 윤동주를 연구하는 문학자가 되고 싶었다. 만주 용정 출신의 이 젊은 시인이 얼굴까지 해사한 것이 무척 마음에 들었다.

죽는 날까지 하늘을 우러러

한 점 부끄럼 없기를

잎새에 이는 바람에도 나는 괴로워했다.

별을 노래하는 마음으로

모든 죽어 가는 것을 사랑해야지.

그리고 나한테 주어진 길을

걸어가야겠다.

오늘 밤에도 별이 바람에 스치운다.

나는 일본인인 준고에게 시인 윤동주에 대해 이야기해 주고 싶었다. 한국인으로서 일본인에게 가지는 복잡한 감정이 이 시인의 삶과 죽음으로 인해 어떻게 구체적으로 내게 다가왔는지. 할아버지가 일본에 대해 가졌던 분노를, 사랑했던 여자와 결혼할 수 없었던 아버지의 슬픔을. 그런데 나는 윤동주도 잊어버리고 할아버지의 분노도 잊어버리고 그냥 한 남자를 사랑하게 되어 버렸다. 그건 계산하지 못했던 일이다. 아버지가 할아버지 때문에 포기했던 사랑을 나는 엄마와의 연락도 끊고 해치워 버리려 했던 것이다.

윤동주가 죽어 간 것은 적어도 준고의 잘못이 아니었다. 함께 찾아갔던 집에서 첼로 연주를 들려 주던 선량해 보이던 준고 아버지의 잘못도 분명 아니었다. 화사했던 준고 어머니의 잘못도 아니었다. 나는 자신이 있었다. 나는 내가 진심으로 누군가를 사랑한다면, 온 우주의 풍요로움이 나를 도와줄 거라고 굳게 믿었다. 문제는 사랑이 사랑 자신을 배반하는 일 같은 것을 상상하지 않았다는 것이다. 사랑에도 유효 기간이 있다는 것, 그 자체가 이미 사랑의 속성이었다. 우리는 사랑이 영원할 거라고 믿게 하는 것 자체가 이미 사랑이 가지고 있는 속임수라는 것을 알아차리지 못했던 것이다. 사랑의 빛이 내 마음

속에서 밝아질수록 외로움이라는 그림자가 그만큼 짙게 드리워진다는 건 세상천지가 다 아는 일이었지만, 나만은 다를 거라고, 우리의 사랑만은 다를 거라고 믿었다. 그것 자체도 사랑이 우리를 속이는 방식이라고 지희는 분석하곤 했었다. 그때 내 나이 스물둘, 유학생이 되면 공부를 하는 게 제일 힘들 줄 알았는데 실은 외로움이라는 큰 적과 싸워야 한다는 것도, 게다가 누군가 한 사람만을 사랑하게 되면 몸살처럼 늘 신열이 가시지 않는다는 것도 나는 몰랐던 것이다. 그것을 알게 되면 과연 누군가를, 세상을 다 준대도 바꿀 수 없다고 고집을 피우면서 한 사람만을 사랑하려고 하는 바보가 또 있을까.

이제 호수 건너편 번지 점프대가 있는 곳까지 가면 추위가 좀 가실 것이다. 겨울의 어떤 날 이노카시라 공원에서 준고는 호주머니에 손을 찌르고 나를 기다리곤 했었다. 어떤 날은 뛰어온 나를 업어 주기도 했고 어떤 날은 베니, 힘내, 하고 손을 흔들기도 했었다. 다시 돌아와 이렇게 호숫가를 뛸 때마다 나는 저쪽에서 준고가 서 있는 환영을 보기도 했었다. 어떤 시인이었지, 순이를 사랑하던 그날부터 거리에 수만 명의 순이가 걸어 다니는 것을 보았다고 썼던 사람이.

멀리 검은색 코트를 입은 한 남자가 그 위에 방한복을 걸치고 서 있었다. 왜 이런 겨울 호숫가에 혼자 서 있을까, 준고 같다, 내가 또 시작이구나 하는 생각들이 동시에 들었다. 그리고 그런 생각들과 함께 내 시선이 누군가의 포충망에 걸리듯 걸려 버렸다. 그물을 뒤집어쓴 짐승처럼 나는 그의 시선에 빨려 들어갔다. 처음 호숫가에서 만났을 때 베이비파우더처럼 하얀 벚꽃이 지고 있던 그날처럼 그의 확대된 동공이 내게로 확 다가와 꽂혔다. 강력한 자석 앞에 선 작은 쇠처럼 나는 시선을 뗄 수가 없었다. 흰 벚꽃들이 일제히 지는 것처럼 머릿속이 하얗게 변했다. 부드러운 눈보라. 화이트아웃이라고 누군가는 표현했던가, 극지방에서 눈보라가 몰아치면 순식간에 모든 것이 하얗게 변하고 거기에 선 사람은 방향 감각을 상실한다고. 화이트아웃과 하나 다른 게 있다면 거기 준고의 짙은 갈색 눈동자만 남아 있다는 것이다.

25

환영일 거라고 생각했다. 내가 꿈을 꾸고 있는 거야, 하고 나
는 생각했다. 다시는 상처 입지 않겠다고 결심했던 내 마음이
그랬다. 그는 오늘 호텔에서 쉰다고 아침에 아빠가 이연희 과
장과 통화하는 소리를 들었었다. 듣지 않으려고 했지만 아래
층에서 사사에 씨, 하는 아빠의 말은 황량한 들판에 핀 빨간 꽃
한 송이처럼 내 귀로 들어왔다. 호텔에서 쉰다는 그가 무슨 생
각을 하고 무엇을 할까를 생각하는 내가 싫어서 나는 뛰어나
온 것이었다. 뛸 때는 아무 생각을 하지 않아도 되니까.

찬바람 속을 뛰어가는 육체의 움직임이 실타래처럼 얽힌 머릿속의 압력을 육체의 고통으로 전환해 줄 때까지, 나는 뛰고 또 뛰었다. 그리운 사람을 생각하면 슬픈 귀가 열린다고 그는 썼다.

'그건 네가 아니야. 최홍, 현실을 봐.'

다시는 누군가에게 마음을 다 줘 버리고 울지 않겠다고 결심했던 내 마음이 다시 내게 말했다. 그와 나의 거리가 조금씩 좁혀지고 있었다. 이제 와서 그 순간을 회상하면 언제나 화면은 아주 느리게 돌아가고 만다. 시간이 공평하거나 정확하지 않다는 것을 나는 그때 처음 알았다.

내 마음속 호리병 안의 여자가 내게 말했다.

'그 사람이야, 그 사람. 준고가 왔다고.'

나는 얼어붙었다. 몸은 언제나 훈련이 잘된 어리석은 로봇처럼 움직이고 있었지만 오직 그의 확대된 동공만이 내 시야에 가득했다. 화이트아웃으로 하얗게 된 벌판에 그의 눈동자만 살아서 작고 검은 별처럼 떠 있는 것 같았다. 나는 갈대밭 가에 있는 그를 스쳐 앞으로 뛰어갔다. 눈길을 거두고 앞을 똑바로 바라보았다. 그런데 그를 일 미터 앞쯤에서 스쳐 지나가는 바로 그 순간, 처음 그가 나를 안았을 때 심장으로 느껴지던 그 희미한 고통 같은 것이 살아왔다. 생생한 팔의 감촉과 그의 손가락이 내 벗은 등을 쓸어내릴 때, 용량을 초과한 듯 뛰고 있던 내 심장의 감미로운 고통, 볼이 빨갛게 달아오르고 입술이 덜덜 떨려 오던 그 감각의 기억이 일 미터라는 거리와 겨울이라는 찬 바람을 사이에 두고 다시 생생하게 느껴져 온 것이다.

"이렇게 하는 게 사랑이라는 거구나. 사랑을 하면 자석처럼 서로가 서로의 몸을 끌어당기는 거구나……."

먼저 잠든 그를 보면서 신기해하던 내 모습이, 준고의 방의 구체적인 사물, 갈색 의자와 책상, 바나나가 들어 있던 푸른색 등나무 바구니와 가지런히 꽂혀 있던 책들과 구겨진 침대 시트와 함께 떠올랐다. 다시 돌아가서 그에게 안기고 싶었다. 그 이전과 이후가 어떻게 되었든, 논리와 역사와 상황과 이런 거 잠깐만 옆으로 밀어 놓고 그냥 여기 지금, 이 한순간만, 한 번만 다시 그의 품에 안겨서 그의 입술에 힘껏 내 입술을 맞추고 싶었다. 그냥 남자와 여자로, 그냥 사람과 사람으로 그의 손을 잡아 보고 그의 뺨을 한 번만 쓸어내려 보고 그리고 그의 고수머리를 내 손가락으로 부드럽게 한 번 더 쓸어 보고 싶다는 욕망으로 다시금 심장이 터질 것 같았다. 그다음 같은 건 없어도 좋았다. 그래서 어떻게 할 건데? 같은 모범생들이 하는 질문

따위는 하고 싶지 않았다. 그냥, 이라고 나는 대답하고 싶었다. 그렇게 하고 싶어, 그렇게 하고 싶다고……. 하지만 그런 생각을 하는 바로 그 순간에도 내 몸은, 일상의 습관처럼 그저 앞으로 나가고 있었다.

내 똑똑한 친구 지희는 내 이야기를 듣더니 잠시 고개를 갸웃하며 말했었다.

"그러니까 네가 뛰쳐나올 때 남자가 너를 잡지 않았다면, 그는 너하고 그만 끝내고 싶었던 거야. 아니라면 남자는 자기가 사랑하는 여자를 지구 끝까지 쫓아가서라도 붙잡고 말 테니까."

심리학을 전공하는 지희는 환자에게 암 선고를 하는 의사처럼 건조하게 말했다.

"역시 그렇지? 내가 혼자 좋아하고 내가 혼자 그 집에 가서 살고 그리고 내가 혼자 떠나 버린 거지?"

지희의 말에 맞장구를 치면서 대답했던 내 목소리도 웅웅거렸다.

"게다가 남자는 사랑이 하나 떠나면 그걸 잊기 위해 빨리 다른 것으로 대치하고픈 성향이 있기 때문에 그랬을 가능성이 높아. 서운하겠지만 그 남자, 칸나라는 여자를 잊으려고 너를 선택했을 거야. 게다가 너는 여자가 필수적으로 해야만 하는 일, 그러니까 적당히 튕기는 일을 하지 않았거든. 그 사람에게는 그런 외국인인 네가 부담이 없었을 수도 있어…….”

지희는 냉정한 표정으로 말을 하다가 내 얼굴을 바라보더니 조금 미안한 표정을 지었다.

“그래도 이게 진실일 거야. 그러니까 홍아, 이젠 잊어. 세상은 넓고 남자는 많잖아?”

지희가 약을 처방하는 의사처럼 말했다. 나는 고개를 끄덕였다.

“그런데 지희야, 내가 또다시 누군가를 사랑할 수 있을까.”

아마 그때 나는 대학로 스타벅스 한구석에서 울기 시작했을 것이다. 그럼, 하고 지희가 대답했다.

“다시는 사랑을 못 할 것같이 느끼게 하는 것은 바로 사랑이라는 감정이 뇌의 호르몬을 교란시켰기 때문이야. 그러니까 오늘까지만 울고 이제 울지 마.”

지희는 비커를 앞에 둔 화학자인 양 말을 이었다. 그래 그렇게, 하고 대답하면서 나는 지희가 건네준 연한 노란빛 손수건에 코를 풀었다.

“그런데 지희야, 혹시 사람에겐 일생 동안 쏟을 수 있는 사랑

의 양이 정해져 있는 건 아닐까? 난 그걸 그 사람한테 다 쏟아
버린 거 같아……. 그리고 내 표정이 아무리 이상해져도 앞으
로도 늘 이렇게 말해 줘. 그건 사랑이 아니었다고 말해 줘. 부탁
이야!"

26

자꾸 무릎이 꺾였다. 팔이 허공을 불규칙하게 휘저었다. 정신을 똑바로 차리고 나는 힘껏 팔을 내저으면서 눈을 들어 앞을 응시하고 발의 보폭을 넓히려고 했다. 갑자기 길이 너무 멀게 느껴졌다. 무릎과 발과 내 어깨에서 뻗어 나간 팔이 나를 배반하려 하고 있었다. 뒤돌아가고 싶다며 호소하는 것 같았다.

'그래도 여기까지 왔고 추운 데 서 있었는데 너무 매정한 거 아니니?'

모범생이 되고 싶어 하는 홍이가 말했다.

'그냥 우연일 뿐이야. 그는 이제 맘만 먹으면 네 전화번호도 알아낼 수 있어. 그런데 왜 찾아와서 저렇게 서 있는 거야. 칠 년 동안 한 번도 연락이 없다가. 이제 와서 맘이 달라진 거야?'

똑똑한 홍이도 지지 않고 대꾸했다. 돌아가기에는 너무 많이 와 버린 것이다. 나는 앞으로 뛰어나갔다. 그런데 그때 처음으로 이 호수가 둥글다는 생각이 들었다. 둥그니까 이렇게 앞으로 뛰어가면 다시 그가 서 있을 것이다. 나는 앞으로 나간다고 생각하고 있었지만 그것은 결국 그에게 멀어지면서 다시 그에게 가까워지는 것이었다. 원의 신비였다. 그러니 이 원에 들어서 버린 나는 돌아갈 수도 앞으로 나아갈 수도 없었다. 어찌 되었든 모두가 그에게로 가는 길이다.

"나한테 결혼하자고 하지 말아요. 난 외국 사람하고 결혼 안 해요."

처음 그를 만나 이야기하던 날 내가 말했었다. 그가 놀라는 표정을 짓더니 곧 웃음을 지었다. 그리고 그의 방에서 처음 잠들었던 날 그는 쪽지를 하나 써 놓고 나갔었다.

"걱정하지 말아요. 결혼하자고 하지 않을 테니."

"미안하다고 한마디하면 되잖아."

마지막 날 밤 그에게 소리치던 나는 이미 그 모든 믿음을 상실한 상태였다. 아니 믿음을 상실한 것이 아니라 그가 그 믿음을 되돌려 주기를 바랐을 것이다. 날 붙들어 줘, 라는 호소였을까. 그래, 그랬을 것이다. 널 선택하기 위해서 엄마도 아빠도 할아버지도 배반했어, 라는 투정이었을 것이다.

나는 호숫가를 한 바퀴 돌아 호반의 집 앞으로 다가갔다. 그 사이 햇살은 노랗게 퍼지고 있었다. 대기는 한층 따뜻했다. 호반의 집 앞에서 비탈길을 뛰어내려가 작게 모퉁이를 돌면 다시 갈대밭이다. 그가 아직도 서 있으면 이제 어떻게 하지, 라는 생각과 그가 가 버렸으면 어떻게 하지, 라는 생각이 동시에 들었다.

나는 모퉁이를 돌았다. 눈을 감고 있다가 뜨니까 갈대밭 가의 길은 텅 비어 있었다. 무릎이 다시 푹 하고 꺾이면서 나는 넘어졌다. 달려가던 속도만큼 앞으로 슬라이딩하듯이 엎어져 버린 것이다. 반사적으로 얼른 몸을 일으켜 세우는데 문득 호수 전체가 텅 빈 고요의 덩어리로 느껴졌다. 젖빛 갈대가 바람에 사각이는 소리가 멀리서 웅웅거렸다. 나는 아픈 무릎과 손바닥을 견디며 다시 뛰어 보려고 했다. 다시 무릎이 꺾여 왔다. 아팠다.

"업어 줄까?"

그가 물었을 때 좋지, 하면서 그의 등에 홀짝 올라탔던 여자를 호수는 기억하고 있을 것이다.

　"쓰쿠네 사 줄까? 그거 네가 제일 잘 먹는 거잖아."

　이렇게 묻던 그 남자를 호수는 기억하고 있을 것이다. 그런데 이 겨울은 이제 무채색의 산으로부터 불어온 싸늘한 겨울바람에 말라 버린 갈대들만 서걱거린다. 나는 장갑을 벗었다. 손바닥에 길게 생채기가 나 있었고 엷게 피가 비쳤다. 나는 입술로 그 상처를 핥았다. 쓰라림이 손바닥을 거쳐서 내 심장으로 곧바로 전해져 왔다. 무릎 쪽에도 상처가 났는지 걸을 때마다 통증이 느껴졌다.

　"바보같이 넘어지기나 하고."

　나는 나 자신에게 말했다. 그러자 눈가에서 미지근한 눈물이 흐르기 시작했다. 얼른 훔쳐냈는데 또 나왔다. 나는 그 자리에 쭈그리고 앉아 두 팔에 얼굴을 묻었다. 누군가 내 어깨를 두드렸다. 마음씨 좋은 산책객이 내가 넘어지는 꼴을 보았는지 내게 다가와 괜찮으냐고 물었다. 다이조부? 하고 묻던 그의 일본어가 그리로 겹쳐졌다. 넘쳐흐르는 눈물이 내 팔뚝을 금방 적시는 것을 느끼며 내가 대답했다.

　"괜찮지 않아요. 아파요……. 많이 아파요."

27

한참을 그러고 있었던가, 어디선가 낯익은 음악 소리가 들려왔다. 아주 희미했다. 소리는 다시 분명히 들려왔다. 내 파카 호주머니에서 나는 소리였다. 휴대 전화를 꺼내 보니 지희라는 발신자명이 반짝이고 있었다. 잠깐 망설이다가 나는 일어나며 전화를 받았다. 내가 여보세요, 하자 지희는 대뜸 홍이야 너 목소리가 왜 그래? 하며 물었다. 그러고는 깔깔거리더니 말했다.

　"너 또 낭창낭창하고 예쁜 여자애 봤구나. 이번에는 걔가 결혼한다고 하는구나. 그것도 너무 괜찮은 남자랑. 그렇지?"

지희의 목소리가 너무 밝고 꾸밈이 없어서 나도 모르게 씨익 웃고 말았다. 그러고는 눈가에 남아 있는 눈물을 얼른 닦아냈다.

"응."

지희가 깔깔거리는 소리가 다시 들려왔다.

"여자들은 말이야, 너무 매사를 사랑에 연결시키는 경향이 있어. 사랑에 집착하는 순간, 거기에 모든 걸 거는 순간, 남자는 떠나가는 거야. 남자의 본성은 사냥꾼이거든. 잡아 놓은 짐승보다는 아슬아슬하게 도망 다니는 언덕 위의 날랜 사슴을 쫓아가고 싶어 하거든. 우리 여자들이 할 일은 그들의 그런 본성을 인정하고 쿨해지는 거야. 걔들이 그런 건 DNA인데 어쩌겠냐. 우린 우리대로 즐겁게 사는 거지."

지희는 언제나처럼 남자의 본성과 여자의 본성에 대한 강의를 시작했다. 준고가 서 있던 자리에 엷은 겨울 햇살이 내리쬐고 있었다. 앞으로 이 호숫가를 뜰 때 이 자리를 무심히 지나칠 수 있을지 겁이 났다. 이 호숫가는 적어도 그가 없었던 공간, 그로부터 자유로울 수 있는 공간이었다. 여기에는 추억이 없으니까. 여기에는 처음부터 나 혼자 있었으니까. 그런데 이제 그가 여기 들어섬으로써 나는 기억을 갖게 되어 버렸다. 그러자 그를 용서할 수 없다는 기분이 들었다. 칠 년 동안 나를 기다리게 해놓고, 뭐 딱히 그가 나보고 그러라고 한 것은 아니었지만, 아무튼 그렇게 해놓고 겨우 내가 한 바퀴를 도는 동안도 더 기다리지 못하고 돌아가 버린 그를 용서할 수 없었다.

나는 그가 서 있던 갈대밭 가의 나무다리 끝에 주저앉았다. 지희의 강의는 계속되었다.

"난 우리 여자들이 사랑 때문에 울고불고하는 거, 이제 그만해야 된다고 생각해. 솔직히 민준이가 네 곁을 그렇게 맴도는 것도 결국은 네가 그 애에게 쿨하게 대하기 때문이야. 네가 민준 씨 나 사랑해, 하고 해롱해롱거리면 아마 사랑의 유효 기간은 벌써 끝나 버렸을 거라고 나는 단언할 수 있어. 그런 의미에서 그렇게 쿨하게 호숫가를 뛰는 너 같은 친구를 나는 맘속으로 존경하고 있어. 어때? 흥 이제 맘이 좀 풀렸니?"

누군가 걸어오는 소리에 나는 화들짝 놀라 고개를 돌렸다. 검은 코트를 입은 준고가 야트막한 언덕 너머에서 이리로 걸어오고 있다고 생각하는 순간, 그것은 그냥 검은 파카를 입은 다른 남자였다. 나는 나 자신이 싫었다.

"흥, 내가 말이야 아침에 좋은 구절을 읽었거든. 그래서 네 생각이 나서 걸어 본 건데, 너 들어 볼래?"

나는 검은 파카의 남자를 외면하며 응, 하고 대답했다.

"지금 울고 있느냐? 야, 이거 딱 지금의 네 상황이다. 너무 잘 맞는다. 아마 우리가 텔레파시가 통했나 봐. 더 들어 봐. '지금 울고 있느냐? 그것은 사랑이 아니다. 고통과 불안이 사랑이라고 믿는다면 아프리카로 떠나라. 당신의 도움이 필요한 사람이 널려 있다.' 홍 어때? 너무 멋지지 않니? 너희 출판사에서 이 글 쓴 사람의 책을 내보면 어떨까?"

지희가 들뜬 목소리로 물었다. 응, 하고 대답하려다 말고 내가 대답했다.

"지희야, 그 사람이 왔어. 소설가 사사에가 되어서 왔어. 나는 어떻게 해야 하니?"

나는 다시 울기 시작했다.

28

나는 더 뛰는 것을 포기하고 절뚝거리며 집을 향해 걸었다.
볕은 따뜻했지만 뺨으로 부딪히는 바람은 찼다. 집으로 돌아
가니까 록이가 현관 앞에서 날 보더니 놀라며 물었다.

"왜 그래? 어디 다쳤어? 언니 얼굴이…….'

이층 욕실로 올라가 거울을 보니까 얼굴에 땟국이 거뭇거뭇
말라붙어 있었다. 쓰고 있던 털모자를 벗으니까 땀에 젖은 머
리카락도 물풀을 바른 것처럼 엉겨 있었다. 준고가 그 호숫가
에서 더는 날 기다리지 않고 가 버린 게 다행일지도 모른다는

생각이 들었다. 만일 그가 거기서 기다리고 있다가 베니, 하고 불렀다 한들, 집에서 입다 뛰어나간 이 트레이닝복 차림에 이 머리 꼴로 그를 만나 눈물을 보이기라도 했다면, 그래서 바로 이런 몰골로 그와 마주쳤다면, 하고 생각하자 차라리 조금 위안이 되었다.

준고가 베니라고 불렀던 그 여자는 윤이 나는 머리카락을 가지고 있었고, 언제나 흰옷을 깨끗하게 입고, 하늘을 우러러 자신에게 부끄럽지 말자고 다짐했었다. 하늘을 향해서 뭐가 부끄럽고 뭐가 안 부끄러운지 나는 아직도 잘 모르지만 그냥 윤동주의 그 시 구절이 멋있어서 그랬다. 욕조에 물을 틀어 놓고 털모자를 손에 쥔 채로 욕조 가에 걸터앉아 있었다. 욕실 한 편에 붙은 커다란 유리에 내 우스꽝스러운 모습이 비쳤다. 나는 거울을 향해 두 주먹을 불끈 쥐어 보았다. 아자, 하고 구호까지 외쳐 보려고 했지만 그러면 좀 우스울 것 같아 그건 포기하기로 했다.

욕조에 반신욕대를 설치해 놓고 노트북을 폈다. 따뜻한 물에 몸을 담고 추리 소설을 읽거나 인터넷으로 제일 우스운 영화 한 편을 골라 보는 것이 이런 날을 보내는 최고의 방법이다. 아니면 의미도 없이 커서를 이리저리 옮기며 인터넷 유머를 뒤지든가 말이다.

　욕조에 들어앉아 무선 인터넷으로 검색을 시작하려는데 딩
동 하는 소리가 들렸다. 편지 한 통이 도착했다. 편지함을 열어
보니까 프라이드 그린 토마토 님에게 편지가 도착했다는 메시
지가 보였다. 지희였다.

　너랑 전화 끊고 집 앞에 뭘 좀 사러 나가는데 우리 아파트 양지 뒤
쪽에 노란 개나리꽃이 보였어. 이렇게 추운데도 노랗게 피어난
거야. 홍아, 때로는 봄에도 눈이 내리고 한겨울 눈발 사이로 샛노
란 개나리꽃이 저렇게 피어나기도 하잖아. 한여름 쨍쨍한 햇살에
도 소나기가 퍼붓고, 서리 내리는 가을 한가운데서도 단풍으로
물들지 못하고 그저 파랗게 얼어 있는 단풍나무가 몇 그루 있는
것처럼, 이 거대한 유기체인 자연조차 제 길을 못 찾아 헤매는데,
하물며 아주 작은 유기체 인간인 네가 지금 길을 잃은 것 같다고
해서 너무 힘들어하지는 마. 가끔은 하늘도 마음을 못 잡고 비가
오다 개다 우박 뿌리다가 하며 몸부림치는데 네 작은 심장이 속
수무책으로 흔들린다 해도 괴로워하지 마.
　그냥 시간에게 널 맡겨 봐. 그리고 너 자신을 들여다봐. 약간은 구
경하는 기분으로 말이야. 네 마음의 강에 물결이 잦아들고 그리

고 고요해진 다음 어디로 흘러가고 싶어 하는지, 눈이 아프도록 들여다봐. 그건 어쩌면 순응 같고 어쩌면 회피 같을지 모르지만 실은 우리가 삶에 대해 할 수 있는 가장 정직한 대응일지도 몰라. 적어도 시간은 우리에게 늘 정직한 친구니까. 네 방에 불을 켜듯 네 마음에 불을 하나 켜고…… 이제 너를 믿어 봐. 그리고 언제나 네 곁에 있는 이 든든한 친구도.

지희

　　내가 몸을 담그고 있는 욕조의 물처럼 지희의 따뜻한 마음이 내게로 전해져 왔다. 신은 모든 곳에 있을 수 없어서 이 세상에 어머니를 만들었다는데, 신이 나한테 조금 미안해서 지희같이 좋은 친구를 주었나 싶은 생각도 들었다.

　　'하지만 하느님, 저한테 이런 좋은 친구를 주셔서 감사하긴 한데요, 곁들여 좋은 남자도 주시면 안 돼요?'

　　나는 중얼거렸다.

　　'어떤 남자냐면요, 눈매가 서늘하고 시선은 따뜻하고 마음이 넓고 가슴은 튼튼한 그런 남자, 처음 보는 순간 내 시선을 얼어붙게 하는 그런…… 너무 부드러운 눈보라 같아서……. 망아지 같다고, 이건 다른 사람들이 하는 말이지 저는 실은 제

가 순한 어린 양 같다고 생각해요. 아무튼 저의 마음을 한눈에 사로잡아 버리는 그런…….'

　나는 기도를 멈추었다. 처음 우리가 사랑할 때 준고 같은, 이라고 말할 뻔했던 것이다.

29

나는 노트북에 저장해 두었던 음악 파일을 켜 놓고 눈을 감았다. 쇼팽의 「카바티나」가 아까 호숫가에서의 어이없는 마주침과 내 넘어짐과 지희의 따뜻한 위로를 가만히 어루만지며 흘렀다.

"네 방에 불을 켜듯 네 마음에 불을 하나 켜고 너 자신을 믿어 봐."

지희의 걱정스러운 어투가 들려오는 듯했다. 언제나 쿨하고 듬직한 친구. 일본에서 돌아왔을 때 엄마는 돌아온 탕자처럼 집으로 들어서는 나를 안으며 말했었다.

"괜찮다, 괜찮아. 홍아, 네 나이 때는 정답을 못 찾는 게 정답이야. 모범 답안으로만 살면 진짜 무엇이 옳은지 모르는 거야."

"언니 들어가도 돼?"

록이었다. 혼자 있고 싶었으므로 나는 록이의 침입이 싫었다. 나가 줘, 라고 말했지만 록이는 내가 몸을 담근 욕조 가에 걸터앉았다.

"언니 정말 괜찮은 거야?"

나는 대답하지 않았다.

"엄마가 걱정하고 있어. 여자의 직감인지, 내게 묻더라고. 그 남자가 그 남자냐고?"

너어, 하고 내가 록이를 올려다보자. 록이는 마치 언니가 동생을 바라보듯 나를 바라보았다.

"알아, 언닌 내게 두 가지만 말하겠는데 할 거 아니야. 아마하나는 여기서 당장 나가, 또 하나는 언니 사생활에 대해 언니가 입 열 때까지 참견하지 말아 달라고······."

나는 입을 열지 않았다.

"나, 말이야······."

록이는 망설이는 듯한 표정으로 입을 열더니 힘에 겨운 듯

손톱에 있는 거스러미를 떼어 내며 잠시 침묵했다.

"언니 말이야, 나 일본 싫어. 일본 가수는 좋고 노래도 좋지만, 그래도 일본은 싫어. 그 사람들 우리한테 나쁜 짓을 그렇게 많이 해놓고 시치미 떼며 나오는 거 너무너무 싫다고. 무슨 소리냐 하면…… 언니, 그렇지만 사사에 그 사람 소설 봤는데 그런 생각이 들었어. 한 나라에 모두 같은 사람들만 사는 것은 아니라고. 그 사람이 일본인이라고 해서 싫어한다면 일본 사람들이 우릴 한국인이라는 이유만으로 혐오하는 것과 뭐가 달라?"

록이는 진지한 표정이었다. 록이는 훌쩍 어른이 된 것만 같았다. 중학교 때 벌써 나보다 키가 커 버린 록이었다. 그래도 내게는 언제나 어린 동생처럼 보였는데 록이가 훌쩍 큰 듯 느껴졌던 것은 아마 내 마음이 누구에게든 기대고 싶을 만큼 지쳐 있었기 때문일 것이다.

"록아 언니가 두 가지만 말하겠는데……."

록이는 그때 나를 빤히 쳐다보았는데 그 눈에 연민이 가득 차 있었다. 록이가 그렇게 슬픈 눈으로 나를 바라보는 것을 보자 갑자기 말문이 막혀 왔다.

"하나는 그렇게 말해 주니까 고맙다는 거고, 또 하나는……."

나는 입술을 깨물었다. 무언가 알 수 없는 것이 울컥하고 올라왔기 때문이었다. 록이가 내 어깨에 손을 얹었다.

"언니 나머지 하나는 내가 말해 줄게. 두려워하지 마. 설사 여기서 다시 영영 이별을 하더라도. 언니가 하고 싶은 말을 해. 언니가 하고 싶은 대로 하라고. 나 아직 사는 게 뭔지 사랑이 뭔지 잘 모르지만, 해놓고 하는 후회보다 하지 못해서 하는 후회가 더 크대. 내 말 무슨 뜻인지 알지?"

평소 같았으면 어쭈, 내가 언니냐? 네가 언니냐? 하고 록이를 쥐어박았겠지만 나는 아무 말도 할 수가 없었다. 록이는 욕실을 나갔다. 다시 딩동 하는 소리가 들렸다. 메일이 왔다는 알림 표시였다. 순간 준고일지도 모른다는 생각이 들었다. 오늘 아침 여기까지 찾아왔다면 내 메일 주소를 알아내는 것도, 내 전화번호를 알아내는 것도 모두 가능할 테니까. 갑자기 그가 내 메일 주소인 나우 리그렛을 본다면 무슨 생각을 할까 싶자 겁이 났다. 메일을 여는데 손보다 먼저 가슴이 떨고 있었다. 내가 커서를 대자 아폴로스 차일드라는 아이디가 보였다. 민준이었다.

30

"성공이에요! 광화문에 있는 K문고 계단에서 종로 쪽 거리까지 긴 줄이 섰대요."

얼마 전 입사한 홍 대리가 이연희 과장의 전화를 받고 나서 외쳤다. 사무실에는 홍 대리와 경리실 직원 둘, 그리고 나만 남아 있었다. 어제 들어온 유명 작가의 남미 기행문을 들여다보다가 나는 잠시 눈을 감았다. 준고가 해냈구나, 하는 생각이 들자, 실은 마음 한구석이 찡해 왔다.

"왜 말로 표현하지 않아? 왜 그렇게 아무런 대꾸가 없느냐고?"

나는 물었었다.

"그냥 나는 말로 표현하는 게 힘들 뿐이야. 그래서 나는 글을 쓰는 거라고."

헐거운 청바지를 입고 준고는 씨익 웃었다. 나는 입을 내밀며 언제 쓸 건데, 라고 물었었다. 철부지였던 스물두 살의 베니가 그랬다. 그가 나를 위해 힘겨운 아르바이트를 다섯 개씩이나 하고 있다는 사실을 알았지만, 비싼 음식들을 먹으러 가자고 졸랐던 것은 그의 짐작대로 내가 돈 걱정 없이 자라서가 아니라 말하자면 멋진 남자와 사랑할 때 내가 해야 한다고 생각했던 것들, 그러니까 좀 더 쾌적하고 로맨틱한 장소에 그와 나의 사랑이 머물렀으면 하는 바람 때문이었다. 나중에 한국으로 돌아와 직원들을 모두 내보낸 부도 직전의 출판사에서 아버지와 단둘이 자장면만 먹으며 일할 때 나는 준고를 생각했었다.

차비 한 푼도 힘겹던 시간이었다. 지희가 남자 친구를 데려와 소개했을 때 이차로 마신 생맥주 값을 나보고 내라고 할까봐 잊어버린 일이 있는 듯 서둘러 그 자리를 빠져나오면서 나는 준고를 생각했었다. 내가 로맨틱한 카페에 가서 프랑스식 음식을 먹자고 조를 때 그의 눈에 비치던 그 곤혹스러움……, 그가 캔 커피를 사서 공원에서 마시자고 했을 때 얼마나 가슴이 아팠을까 하는 것도 떠올랐다. 미안하다고, 내가 너무 철이 없었다고 말하고 싶었지만 이미 나는 한국으로 돌아와 버린 뒤였다.

"나 아직 사는 게 뭔지 사랑이 뭔지 잘 모르지만, 해놓고 하는 후회보다 하지 못해서 하는 후회가 더 크대."

록이의 목소리가 울린다. 이제 며칠 후면 준고는 돌아간다. 다시는 만나지 못할 것이다. 아니 다시 만난다 해도 이미 그때는 지금의 그와 내가 아닌 것이다. 그때 우리는 이미 삼십 대가 되어 있을 것이고 아마도 그의 곁에는 일본인 여자, 내 곁에는 민준이 서 있을 것이다.

나는 일어나 가방을 들고 급히 밖으로 나가 지나가는 택시를 잡아탔다. 광화문 K문고, 라고 말해 놓고 나는 멍하니 서울의 겨울 풍경을 바라보았다. 이렇게 가까운 나라에 이렇게 닮은 나라에, 왜 그동안 와 볼 생각을 하지 않았는지 스스로도 이해가 안 된다고, 오늘 아침 기획 회의 시간에 이연희 과장이 그의 말을 전했다.

오늘 맛있는 저녁 사 줄게. 예쁘게 하고 와. 지난 금요일 네가 회사 일 때문에 약속을 어긴 벌이니까 오늘은 어김이 없어야 해.

민준은 어제 보낸 짧은 메일에서 그렇게 말했다. 지난 금요일의 일이었다. 공항에서 마주친 그 어이없는 상봉의 기억이 그와 헤어져 있던 칠 년보다 길게 느껴졌다. 나는 K문고로 내려갔다. 준고는 정장 재킷을 입고 일일이 사인을 하며 조금 어색한 듯이 웃고 있었다. 예상보다 사람들이 많았다. 일부러 몸을 숨기지 않아도 그는 나를 바라볼 수 없는 자리에 있었다. 그가 잠깐 고개를 들었다. 나도 모르게 고개를 숙였다. 출판사 사람들이 나를 보면 붙들어 둘 것이 뻔했으므로 나는 화장실로 서둘러 들어갔다. 손을 씻으며 바라본 거울 속의 나는 침울한 표정이었다.

이제 그는 그의 곁에 있는 여자에게 한때 그와 함께 있던 여자가 그렇게 먹고 싶어 하던 티 아이스 글라세와 몽블랑 케이크를 사 줄 수 있을 것이다. 아르바이트 때문에 그녀를 혼자 내버려 두고 그걸 불평하는 여자에게 나도 피곤하다고 하며 소리치지 않아도 될 것이다. 누가 그의 그녀가 될까, 나는 고개를 흔들었다. 맹세코 나는 그런 비싼 음식들 때문에 그를 사랑한 것이 아니었다. 하지만 이제 그는 성공의 단추를 일본에 이어서 이곳 한국의 심장부 서울에서 끼우고 있었다.

'축하해, 준고. 세상 어떤 사람보다 너의 성공을 축하해! 네

생일날 만들어 주겠다던 오징어볶음 같은 건 이제 만들어 주지 못하겠지만…….'

거울 속의 여자는 혼자 중얼거리다가 잠시 멍한 눈빛을 띠었다. 일월 이십사일. 오늘은 그의 생일이었다.

31

갑자기 기억들이 몰려왔다. 내가 먹어 보아도 맛없는 그 음
식들을 괜찮아, 하고 씨익 웃으며 먹어 주던 그였다. 비를 맞으
며 호수 공원 한복판에 있는 나에게 다가와 괜찮아요? 하고 묻
던 그 사람, 그런데 실은 그 자신은 괜찮지 않아서 빙하가 잘려
나간 듯한 고독한 눈빛을 하고 있던 사람. 생일이 되어도 아버
지의 간단한 전화 외에는 축하받지 못했던 사람. 그가 왜 엄마
가 없다고 말했는지 나는 알 수 있었다.

"준고, 다음번 네 생일에는 내가 정말로 맛있는 오징어볶음

을 만들어 줄게."

그 약속을 했던 것은 눈매가 선하고 행동이 느릿하던 그의 아버지 집에서였던가, 아니면 내가 그에게 서로 엉겨 붙어 떨어지지 않던 그 엉터리 야키소바를 만들어 주던 날이었던가. 하지만 겨울이 시작되기 전, 그의 생일이 오기 훨씬 전에 나는 그의 집을 떠났다.

나는 책들이 있는 매장 뒤로 돌아가 문구 코너에서 생일 카드를 한 장 샀다. 어떻게 그에게 전할 수 있을지는 모르겠지만 그냥 샀다. 그는 오늘 아버지의 전화를 받았을까, 아니면 일본에 두고 온 애인의 전화를 받았을까. 하지만 사랑이 끝나 버렸다고 해도, 그가 태어난 이날을 나는 축하해 주고 싶었다. 그가 태어나지 않았다면 내가 일본으로 건너가 어떤 생을 살았을지 모르지만 그를 만나 함께 웃고, 함께 달리고, 함께 잠들었던 기억도 없었을 테니까. 달리기가 끝나면 기다리고 있다가 나를 등에 업어 주던 그의 땀내도 나는 알 수 없었을 테니까.

나는 그의 사랑을 의심해 본 적이 없었다. 그렇지만 그의 곁에서 그가 말을 꺼낼 때마다 입을 벌리고 웃던 여자들을 질투했었다. 그것은 그의 농담을 그 뉘앙스까지 다는 알아차리지 못하는 외국인의 열등감 때문이었을까.

나는 거리로 나와 혜화동 사무실까지 천천히 걸었다. 겨울볕이 따스하게 거리를 비추고 있었고, 사람들은 코트 주머니에 손을 찌르고 어디론가 가고 있었다. 저들도 가슴 아픈 사랑과 이별을 했을까, 저들도 어느 날 문득 달력을 들여다보다가 그날이 자신이 사랑했던 그 사람의 생일이라는 것을 알고 잠시 멍해질까. 아버지는 아직도 교토에 있는 사에키 시즈코의 생일을 기억하고 있을까. 한때 언론사에 있던 아버지가 도쿄에 특파원으로 갔다가 사랑에 빠졌던 그 여자, 할아버지의 반대로 결혼을 이루지 못했던 그 여자, 아직도 아버지가 일본으로 출장을 갈 때마다, 아니 가지 않은 그 수많은 날에도 엄마의 가슴을 불안하게 하는 회고 정물처럼 조용하던 사에키 시즈코. 나는 천천히 종로를 걸으며 무심히 길을 걷는 모든 타인에게 이상한 공감과 연민을 느꼈다.

이 숯도 한때는 흰 눈 얹힌 나뭇가지였겠지.

내가 공부하던 하이쿠가 떠올랐다. 매일매일이 모두 누군가에게는 특별한 날이었다. 세상의 모든 날에 사람은 태어나고 자라서 사랑을 하고 이별을 하는 것이다. 서울에서든 도쿄에서든. 그리고 이런 날 화장실에서 손을 씻다가 생각해 내는 것이다. 오늘이 그 사람의 생일이구나, 라고. 그리고 건네지도 못할 카드를 한 장 사서 주머니에 찌르고 이렇게 길을 걷는 것이다.

나는 혼자 작은 일식집에 들어가 모둠초밥을 시켰다. 직장인들이 우르르 빠져나가는 것을 보니까 점심시간이 지나가고 있는 것 같았다. 기치조지 아케이드에 있는 슈퍼마켓에 가서 나는 초밥을 사서 혼자 먹곤 했다. 어떤 날은 감자크로켓을 사가지고 먹기도 했다. 공원에서도 먹었고, 혼자 집에서 창문을 때리는 비를 바라보면서도 먹었다. 그와 함께 있고 싶다는 바람뿐이었지만 그는 늘 바빴다. 그날들을 생각하며 나는 천천히 초밥을 먹었다.

사무실에 도착하니 공항에서 그를 태웠던 밴이 보였다. 벌써 사인회가 끝난 모양이었다. 출판사 안으로 들어서는데 이상한 활기 같은 것이 느껴졌다. 고개를 들자 아버지가 나를 발견하고는 내 이름을 불렀다. 아버지를 따라 얼결에 내 자리로 가니 그가 서 있었다. 그리고 내 책상 위에 아직 치우지 못한 휘파람 부는 소년이 보였다. 그의 시선이 그 소년에 붙박여 있었다. 그가 아직 그것을 기억하고 있을까, 그날 그의 집에서 서둘러 빠져나오면서 내가 두고 왔던 그 소녀 인형을. 처음 만나 사랑이 싹트던 그때 내가 내밀었던 그 소녀 인형을……. 눈보라처럼 벚꽃이 날리던 이노카시라 공원의 나무다리 위에서 세상에 태어나 처음으로 존재 깊숙이 떨고 있던 여자의 마음을.

"이거 당신의 것인가요?"

결국 그가 물었다. 착각이었을까, 그의 얼굴에는 반가움과 신기함이 어리고 있었다. 저런 질문을 하는 의도는 뭘까. 그는 벌써 그걸 잊은 모양이었다. 얼굴은 침착했다. 내가 칠 년 동안 쓰레기통에 버렸다가, 다시 담고 버렸다가 다시 담은 가여운 소년을 손에 들고 태연히 묻는 것이었다.

'쿨해야 해.'

지희의 목소리가 떠올랐다.

'결국 여자를 버린 남자에게 할 수 있는 가장 큰 복수는 잘 살아 주는 거라고.'

"그건 한때 제가 좋아했던 사람과 추억이 깃든 것입니다."

나는 있는 힘을 다해, 최대한 억양 없이 대답하고 입술을 물었다. 한때였다고. 그래 그건 한때였던 것이다. 지금이 아니라.

32

"오늘 사사에 씨와 함께 회식이 있다."

아버지는 내게 조용히 말했다. 아버지가 좋아하는 음식점 예가에 대해 이연희 과장이 준고에게 설명하고 있었다. 우리 출판사가 회식 장소나 중요한 손님 접대로 자주 이용하고 있는 곳이었다.

내 주머니에 있는 휴대 전화에서 문자 메시지를 알리는 진동이 울렸다.

남산 하얏트호텔, 테라스. 일곱 시. 네가 좋아하는 한강의 야경이

잘 보이는 자리를 예약해 두었음.

민준이었다. 나는 자리에 앉아 읽다 만 원고를 들었다. 컴퓨터에서는 아까 쓰다가 놓아둔 기획서가 기획서, 라는 이름만 쓰인 채 놓여 있었다.

'사랑이 깨어지는 방식은 이래. 남자와 여자가 첫눈에 반한다. 대개는 남자가 먼저지. 그러다가 여자가 그 마음을 받아들인다. 사랑이 익숙해질수록 여자는 사랑을 조금씩 더 많이 주기 시작한다. 그러면 남자는 슬슬 여자가 지겨워지고 새로운 사람에 흥미를 느낀다. 여자는 더 집착하고 그럴수록 남자는 더 떠나고 싶어 하고, 그럴수록 여자는 더 집착한다. 그리고 끝. 속편은 이거야. 여자는 친구를 붙들고 남자들은 다 똑같아, 나는 다시는 사랑하지 않겠어, 라고 다짐하지. 마지막은 긴 눈물과 중무장한 분노, 그리고 냉소지. 하지만 어느 날인가 또다시 여자를 흥미 있게 생각하는 남자의 구애를 받게 되고 이렇게 끝도 없이 다시 시작되는 거야.'

지희의 강의가 들려오는 것만 같았다.

나는 예가에 전화를 걸었다. 그리고 주방장을 바꾸어 달라

고 했다. 주머니에는 여전히 백지로 남은 생일 카드를 넣은 채였다.

나는 거의 여섯 시 반이 다 되어서 음식점에 도달했다. 마침 그때 종업원이 오징어볶음을 들고 들어왔다. 실은 좀 당황스러웠다. 하필이면 내가 도착하자마자 그 음식이 나올 줄은 나도 미처 몰랐던 것이다.

"우린 좀 일찍 와서 식사가 얼추 끝나 가는데……."

아버지가 준고에게 음식을 너무 많이 권했던지 조금 무안해하며 말했다.

"괜찮습니다. 제가 먹겠습니다."

그가 기억하든 안 하든 그건 상관없었다. 내가 했던 약속을 지키고 싶어서야, 라고 나는 나 자신에게 말하고 싶었다. 그때 오징어볶음으로 젓가락을 뻗던 준고가 멈칫했다. 내 가슴이 그의 손동작에 따라 함께 멈칫했다. 우리의 추억이, 우리가 함께 했던 날들이, 우리의 이 이상한 마주침이 함께 멈칫했다. 어쩌면 그때 자전하던 지구도 멈칫하는 것처럼 현기증이 일었다.

'끝난 거야. 그건 한때였던 거라고.'

나는 나 자신에게 다짐했다.

"고맙습니다. 실은…… 예전에 정말 좋아했던 한국 여자가 있었어요. 하지만 내가 그녀의 고독을 이해하지 못한 탓에 그녀는 아무 말 없이 한국으로 돌아가 버렸지요."

나는 천천히 고개를 들었다. 그가 멈칫한 채로 고개를 들었다. 그와 나의 눈이 마주쳤다. 슬픈 눈빛이었다. 베니, 오해를 풀고 싶다, 라고 말하고 싶은 듯했다. 어머, 그래서 이 소설이 그렇게 사실적으로 느껴졌나 봐, 하고 이연희 과장이 동료와 수군거리는 소리도, 아버지가 내 낯을 살피는 것도 그때는 느껴지지 않았다. 그의 슬픈 눈빛이 서른 살이 되도록 차가운 북극의 바다를 떠돌아 온 빙하처럼 내게 와서 박혔다. 하지만 그의 마지막 말, 과거형도 함께 그 빙하를 타고 있었다. 좋아했던, 좋아했던, 예전에, 그러니까 청춘의 어느 한때…… 그 예전에라는 단어가, 이 자리에서 그가 손을 내밀면 그게 북극이든 남극이든 그가 내미는 손을 잡고 어디로든 가고 싶어 하는 터무니없는 내 망상을 잠재워 주었다. 주머니 속에서 문자 메시지의 도착을 알리는 진동이 드르르르 울렸다. 그 진동을 따라 현실이 나를 깨우고 있었다. 내 곁에 있어 주었던 것은 민준이었다. 내가 그를 두고 유학을 가서 일본 사람과 사랑에 빠졌었다는 것을 다 알고도 그는 화내지 않았다. 내 곁을 떠나 버리지도 않았다. 그는 나를 기다리고 있는 것이다. 나를 위해 호텔의 레스토랑을 예약하고 나를 기다리고 있는 것이다. 내가 좋아하는 한강의 야경이 반짝거리는 그곳에서.

"이해하지 못했다는 것은 선생님의 사랑이 거짓이었다는 거군요."

꼭 그렇게 말할 생각은 아니었다. 그런데 내 입은 마치 그와 헤어지던 그날처럼 가시 돋친 말들을 내뱉고 있었다.

"너희 일본 사람들은…… 다 그러니?"

그의 눈빛이 비명을 지르고 있는 듯했다. 그래 본 적은 없지만 누군가의 선한 눈동자에 내가 비수를 꽂는다면 그런 비명이 소리 없이 흘러나올 것이라는 것을 나는 순간 느꼈다. 일본 영화에서 보았던 사랑하는 사람의 가슴에 비수를 찌르는 사무라이의 심정을 나는 이해할 수 있을 것 같았다.

33

"아직 끝난 게 아니지요. 사사에 선생, 그렇죠? 당신은 분명히 극복할 수 있을 겁니다."

나는 놀란 눈으로 아버지를 바라보았다. 어제 성당에 다녀온 록이가 아버지에게 자신의 싸이 홈페이지를 몰래 보고 있다고 투정하는 소리를 들은 것이 기억났다. 록이가 거기에 언니의 심상찮은 분위기를 올려놓았던가, 아니면 아버지는 자신과 사에키 시즈코와의 회한을 이야기하는 것일까? 언제나 하얗고 정물처럼 고요하던 그녀. 그녀는 교토에 살았다. 내가 그의 집으로 짐을 싸가지고 들어갔을 그 무렵 준고가 교토로 가자고 했다. 나는 달려가 준고에게 입을 맞추고 짐을 싸며 말했었다.

"공짜로 잘 데가 있을 거야, 윤오. 아버지 오랜 친구가 거기 산다고 했거든. 내가 일본으로 올 때 아버지가 만일 위급한 일이 있는데 한국으로 연락을 할 수 없거든 그리로 연락을 하라고 했어. 그분은 일본 어디에 있든 너를 위해 무엇이든 해줄 거라고."

준고는 그래, 하고 말했을 뿐 더 말하지 않았다.

"생각해 봐. 이건 위급하진 않지만 중요한 일이잖아. 우리가 신혼여행처럼 떠나 보는 여행인데…… 그치? 거기 가서 뭐 할 건데? 윤동주가 다니던 도시샤대학도 가 볼 거지?"

내가 재잘거리는 소리에 준고는 책만 들고 말이 없었다.

그때까지만 해도 나는 그녀와 아버지가 한때, 그 깊이야 알 수 없지만 얼마만큼 사랑했던 연인이었는지 알지 못했고, 아마 알았다 해도 별 관심을 기울이지는 않았을 것이다. 처음 느껴 보는 사랑에 빠져 고국의 가족도 잊어버린 여자가 남의 감정에 신경을 쓸 겨를이 있을까. 엄마가 그렇게 일본인과의 결혼을 반대한 이유도 사실은 교토에 살고 있는 아버지의 첫 사랑, 여전히 독신인 그 여자 때문이라는 것을 나중에서야 알게 되었으니까. 지금도 그렇지만 나는 그때 사랑이든 전쟁이든 혹은 혁명이든 목숨을 바쳐야 하는 일은 젊은 사람들의 일이라고 생각하고 있었다. 그러니 이제 사랑에 목숨 걸지 않고 눈멀지 않은 나는 이미 늙어 버린 것일까. 그렇다면 분명 그때의 나는 젊었다. 나는 그와 나의 조국을 똑같이 사랑하고 싶었다. 그리고 그게 하나도 어려운 일이 아니라고 굳게 믿고 있었던 것이다.

그 후로 오랫동안 아버지가 문득 사에키 시즈코를 연상시키는 말을 꺼낼 때면 나는 하는 수 없이 교토 여행을 떠올렸다. 교토, 준고와 함께 가 보았던 유일한 여행지……. 처음 타 보던 신칸센, 분홍빛 연어살과 진분홍 연어알에 노란 달걀지단을 얹어 꽃같이 화사했던 사케이쿠라즈시를 나누어 먹던 열차 안. 창밖으로 스치며 보이는 일본의 작은 마을은 비가 그치자 엷은 레이스 같은 커튼을 열어 내게 인생의 새로운 막이 오르고 있다는 것을 알려 주는 듯했다. 여기 어느 마을에서, 혹은 한국의 어느 시골 마을에서 그는 글을 쓰고 나는 공부를 하고 그렇게 살고 싶었다. 「미녀와 야수」에 나오는 야수의 커다란 서재만 있다면, 거기에 그의 책상과 내 책상이 나란히 있다면, 침실과 욕실이 다 작아도 상관없었다. 흰밥에 된장국만 먹고라도 보고 싶은 책을 실컷 볼 수만 있다면 가난해도 좋을 것 같다는 터무니없는 자신감이 내 가슴에 가득했었다. 그가 유명한 작가가 아니라도 좋았다. 그가 그냥 아르바이트생이라도 좋았다. 내게 필요했던 것은 그냥 그였다.

교토 대나무숲을 산책하다가 그가 내게 오래도록 입을 맞추었다. 눈을 떴을 때 진초록 대나무숲 사이로 비쳐 드는 햇살 때문에 나는 잠깐 아찔했었다. 그때도 준고는 물었었다.

"괜찮아?"

"안 괜찮아, 그렇게 오래 하는 법이 어딨어? 입술이 좀 아파."

내가 타박을 주자 준고는 미안, 하더니 어디 입술 다쳤나 보자, 하며 다시 나를 끌어당겼다. 그때 우리가 칠 년 후 이렇게 어이없이 이렇게 슬픈 눈빛으로 서로를 찾아와서, 다시는 떨어지지 않고 싶어 하던 그 입술로 서로를 상처 입히고 상처 입으며 마주칠 거라고 상상이나 했을까. 아무것도 내색하지 못하고 하고 싶은 말은 하나도 하지 못한 채로 이렇게 추억이 날뛰는 날, 마음은 여기저기 피를 흘리는 것만 같았다. 여기까지만, 나는 나 자신에게 타이르며 자리에서 일어났다.

"아니 뭐냐? 온 지 아직 십오 분도 채 안 됐잖아."

나는 눈을 내리깔고 최대한 그를 보지 않으며 말했다.

"전부터 있었던 약속이에요. 사사에 선생님 먼저 일어나서 죄송합니다. 앞으로도 내일출판사를 잘 부탁드려요."

나는 서둘러 방에서 나왔다. 이제 다시 그를 볼 수 있을까, 아니 그럴 수 없을 거 같았다. 그래도 혹시, 한 번이라도, 그를 다시 볼 수 있을까……. 아니, 그럴 수 없을 거 같았다. 서른이 된 그도 서른이 될 나도 더 이상 젊지 않다. 다만, 나는 그를 처음 떠나던 그날처럼 또 말하지 못하고 만 것이다. 그가 좋아하던 그 한국말, 안녕히 계세요, 라는 그 말을.

34

나는 또 늦어 버렸다. 주차장에 차를 놓고 뛰어올라 가며 시간을 보니까 벌써 이십오 분이나 지나 있었다. 민준은 여느 때처럼 책을 손에 들고 있을 것이다. 내가 헐떡이며 들어서자 민준은 읽고 있던 책을 탁자에 내려놓았다. 뜻밖에도 『한국의 친구, 일본의 친구』였다.

"미안해, 잠깐 회식에 다녀오느라고."

내가 말했다.

"괜찮아, 넌 늘 늦잖아. 그래도 오는걸. 결국 내게로 말이야."

오늘은 시작 모드가 좀 이상했다. 마지막 말이 그랬다. 내가 자리에 앉자 그가 물었다.

"뭐 마실래? 티 아이스 글라세? 몽블랑 케이크도 먹을까? 말해 봐. 오늘 다 사 줄게."

가슴이 덜컥 내려앉았다. 그랬다. 여긴 프렌치 레스토랑……. 나는 그가 읽고 있던 사사에의 책을 내려다보았다. 내가 굳어지며 무슨 뜻이야 하는 듯 바라보자, 민준이 하하 웃었다.

"너 전에 나보고 프렌치 레스토랑에 가서 그거 사 달라고 했지 않았던가? 아닌가? 오늘 특별히 돈 좀 쓰려는데……."

민준은 웨이터가 가져온 메뉴판을 보며 그럼 와인 한잔 할까, 하고 물었다. 명치끝에서부터 목줄기까지 뻣뻣한 기운이 쭈욱 곤두섰다.

"회식이 있어서 뭘 좀 먹고 왔더니."

나는 명치끝을 누르며 짐짓 아무렇지 않은 듯 말했다.

민준은 음식을 아 라 카르트로 몇 가지 시키고 나서 등을 뒤에 기댄 후 나를 물끄러미 바라보았다.

"왜 그렇게 봐, 얼굴 닳잖아."

내가 예전의 홍이의 모습을 억지로 회복하려고 퉁명스럽게 말했다. 민준은 뜻밖에 조금 더 나를 바라보더니 천천히 말했다.

"미국 지사로 발령 났어. 시애틀…… 같이 가자. 가서 태평양이 내려다보이는 집을 얻고 널 닮은 딸 하나, 날 닮은 아들 하나, 그리고 너랑 나를 반반 닮은 남녀 쌍둥이, 이렇게 넷쯤 만들어 오자."

빤히 바라보는 그의 눈길이 무안해서 물만 마시고 있던 내가 컵을 든 채로 말했다.

"뭐라고?"

"최홍 양, 정식으로 그대에게 청혼하는 거야."

그때 웨이터가 와인을 가져오지 않았다면 아마 나는 시선을 어디다 두어야 할지 몰랐을 것이다. 나는 대답하지 않았고, 우리는 말없이 와인을 마시고 조금씩 날라져 오는 앙증맞은 프랑스 요리를 먹었다. 예전의 홍이었다면, 만일 오늘이 민준이 메일에서 말한 대로 오늘이 아닌 지난 금요일이었다면, 그래서 내가 공항에 나가는 일도 없었고 그가 오지도 않았다면, 아니 그가 왔다 해도 예정대로 통역인 후나 선생이 그리로 나갔다면, 그래서 그가 온 줄도 모르고 여기서 민준과 마주 앉더라면 나는 깔깔거리고 웃으며 대답했을 것이다.

야아, 꽃도 없고 뭐 가짜라도 조촐한 보석 하나도 없이 공짜로? 싫어! 라고.

"민준아, 나는……."

"너 친구들 좋은 남자랑 결혼한다고 배 아파했잖아. 나 괜찮은 남자 아니니? 나는 네게 몽블랑 케이크도 가끔은 사 줄 수 있고, 너를 업어 줄 만큼 체격도 든든하고, 그리고 나는 네게 약속할 수 있어. 절대로 어떤 순간에도 너를 혼자 놓아두지 않을 거라고."

내가 민준을 노려보았다. 노려보는데 갑자기 눈물이 뚝뚝 떨어졌다. 민준이 순간 당황한 표정으로 흥, 하고 나를 불렀다. 참으려고 했는데 한번 나온 눈물은 걷잡을 수 없이 쏟아졌다. 민준이 손수건을 꺼내 내게 내밀었다. 코 풀어도 돼, 라는 말을 덧붙였다. 나는 스물아홉이고 민준이 얼마나 좋은 신랑감인지 잘 안다. 조건을 보고 하는 결혼이 꼭 나쁜 것만이 아니라고 생각할 만큼 이제 나도 순진하지 않은 것이다. 그런데 나는 내가 왜 울고 있는지 알 수 없었다. 친구들의 결혼식에 갔을 때 주례자는 묻곤 했다.

"기쁠 때나 슬플 때나 건강할 때나 병들었을 때나 변함없이 사랑하겠습니까?"

그럴 때 나는 하객석에 앉아서 스스로에게 가만히 묻곤 했다. 내가 그럴 수 있는 존재가 과연 누구일까, 하고. 나는 적어도 민준을 좋아하고 있었다. 그가 나에게 보이는 호의를 거부하지 않을 만큼 교활하기도 했다. 그가 홍, 나 다른 여자 사랑하게 되었어, 라고 말하면 가슴이 그렇게 편안하지 않을 것이다. 나는 그를 어린 시절부터 곁에 두고 있었고 쭉 그러기를 바라고도 있었다. 하지만 만일 민준이 일본인이고 엄마가 그를 싫어하며, 그의 부모는 이혼했고 아버지는 학비도 대주지 않아 할 수 없이 아르바이트를 다섯 개나 해야 하는 사람이라면, 그래도 나는 그를 사랑할 수 있을까. 친구로서 말고 내 모든 것을 걸어서라도 곁에 있고 싶은 사람으로…… 그렇게?

"네가 뭐라고 대답할지 몇 가지 예측은 했는데, 그중에 이렇게 우는 건 없었어. 홍, 울지 마. 내가 잘못한 거니? 결혼하자고 하면 여자들, 다 이렇게 우나?"

민준은 주머니에서 휴지를 꺼내더니 내 곁에 다가와 앉았다. 음식은 싸늘하게 식어 가고 있었다. 그는 어찌할 바를 모르는 목소리로, 그만 울어, 했다. 그의 목소리 위로 준고의 목소리가 겹쳐졌다.

"우리 날마다 이렇게 함께 눈을 뜨자."

"너 외국인하고 결혼하지 않겠다고 했잖아?"

준고는 처음 보는 사람한테 그런 말 하는 여자 처음 봤었어, 하고 중얼거렸다. 내가 입을 빼물고 눈을 동그랗게 뜨자, 내가 그렇게 하는 양이 재미있다는 듯 장난꾸러기 같은 웃음을 지으며 미안, 미안, 하고 말했었다. 그런 그에게, 하필이면 생일날 나는 비수를 꽂고 여기로 와 있다. 그와 동시에 실은 내 가슴에도 비수가 꽂혀 있었다. 주는 쪽과 받는 쪽, 상처라는 것은 양날의 칼을 가진 것이니까.

그때 휴대 전화가 울렸다. 코를 마저 풀고 휴대 전화를 확인하니까, 지희였다. 민준에게 눈빛으로 잠깐, 이라는 표시를 하고 폴더를 열었다. 그런데 난데없이 지희가 울고 있었다.

"홍, 나 너무 슬퍼……. 나 좀 위로해 줘."

소리가 너무 커서 곁에 있는 민준에게도 들리고 있었는지, 민준은 놀란 표정을 했다.

"뭐야, 너 왜 그래? 또 교수가 박사 논문 집어던졌어? 아니면 논문이 막혀서 도저히 어찌할 바를 모르겠는 거야?"

지희는 그냥 흐느끼고 있었다. 내가 지희야, 왜 그래, 말 좀 해 봐, 하니까 한참 후 지희의 목소리가 들려왔다.

"홍, 나 차였어. 그것도 제일 비참하게 차였어. 그 사람 처음부터 날 사랑하지 않았대. 나 죽고 싶어. 홍, 나 죽고 싶어!"

민준과 나는 서로를 마주 보았다. 민준도 꽤 놀란 눈치였다. 지희에게는 사귀는 사람이 없었다. 지희는 언제나 학교와 집을 오가는 냉철한 대학원생이었다.

"누구? …… 너, 뭐야? 무슨 소리냐고?"

"홍, 난 논문도 막히고 있고 설사 박사가 돼도 여자가 교수되기는 하늘의 별 따기인데 이제 남자마저 떠나버리면 난 뭐지? 난 초라하고 늙은 학생으로 남을 것 같아."

"뭐 그런 나쁜 놈이 다 있어? 누구야!"

나도 모르게 소리를 지르고 말았다. 우아한 음악이 흐르는 레스토랑의 사람들 두엇이 나를 돌아보았다. 민준이 작게 헛기침을 했다. 내가 무슨 말인가 더 하려고 했지만 지희는 울음을 그치지 못하고 전화를 끊어 버렸다.

"지희가 이러는 건 십 년 동안 처음 봐."

내가 말하자 민준이 약간 착잡한 표정으로 와인을 들어 천천히 마셨다. 나도 모르게 눈물이 쏙 들어가서 그를 따라 와인을 마셨다.

"민준아, 나 가 봐야겠어. 지희, 얘는 한다면 하는 아이야. 죽을 거 같아, 진짜로."

민준이 어이가 없다는 듯한 표정으로 나를 바라보았다. 그러고 보니, 이건 내가 그에게 청혼을 받는 자리였다. 어찌해야 좋을지 조금 난감한 기분이 들었다. 엄마 말대로 세상이 그렇게 단순하지 않구나 하는 생각이 들었다. 민준에게 미안했고, 지희가 걱정되었다. 갈 수도 없고 앉아 있기도 불안했다.

"가 봐. 얘기는 다른 날 하자. 내가 데려다줄까?"

한참 있다가 민준이 말했다. 그러자 실은 내가 이 어색하고 어찌할 바를 모르는 자리에서 빠져나가고 싶어 한다는 것을 깨닫게 되었다.

"미안해. 정말 지희가 걱정이 되어서."

나는 자리에서 일어났다. 민준은 주차장까지 나를 따라왔다.

"엄마한테 함께 미국 간다고 말해도 되는 거지?"

어둑한 곳에서 민준이 다시 물었다. 그의 얼굴이 슬퍼 보였다. 아마 내 얼굴도 그랬을 것이다.

36

러시아워가 지난 시간인데도 차가 많이 막히고 있었다. 남산 순환도로를 타고 신촌 지희네 집에 가려다가 그냥 한남대교 쪽으로 방향을 틀었다. 장충동 쪽으로 돌아가도 늦지 않을 것이다. 멀리 남산 아래 불빛들이 반짝이고 있었다. 며칠 전 그와 나는 저 불빛을 보며 이 차에 앉아 있었다.

"너에게 물어보고 싶은 말이 있었어. 언젠가 너를 만나면 꼭 물어보고 싶은 말이 있었어."

그때 내가 말했었다.

먼 데서 불빛들이 겨울바람에 날리는 유리 꽃들처럼 후드 득거리던 밤이었다. 그때 그가 베니, 라고 부르자 모든 풍경이 안개에 덮이듯 뿌옇게 변하던 기억이 났다. 나는 신호를 받아 무심히 좌회전을 했다. 그런데 돌아가 놓고 보니까 그쪽이 신 라호텔 방향이었다. 차는 여전히 막히고 있었다. 나도 모르게 그가 앉아 있던 좌석을 돌아보았다. 이제 거기에 그는 없다. 이 제 다시 그는 거기에 없을 것이다. 나는 그 빈자리를 가만히 쓸 어 보았다.

"베니, 만약 네가 오해를 하고 있다면 나는 그 오해를 풀고 싶다."

"준고, 너는 이제 혼자가 아니야."

내가 말했었다.

"약속해. 언제나 네 곁에 있을 거야⋯⋯."

그때 호주머니에서 문자 메시지 도착을 알리는 소리가 들 렸다. 민준이었다.

홍, 차라리 잘된 거 같아. 하고 싶은 말 있었거든. 홍, 널 사랑해! 우 리 할아버지가 이사 간 집에서 처음, 옆집에 살던 열다섯 살, 크림 색 장미꽃 울타리 앞에 서 있던 널 보던 그날부터.

나는 운전대를 잡은 채 멍하니 휴대 전화의 액정 화면을 들여다보고 있었다. 다시 메시지가 왔다. 준고의 말인지 민준의 말인지 머릿속이 엉킨 실타래 같았다.

기억나니? 그때 내가 묻지도 않았는데 네가 말했어. 난 최홍이야.
난 크림색 장미를 제일 좋아해! …… 오늘 함께 밥 먹고 네게 크림
색 장미를 만 송이쯤 사 주고 싶었는데…….

차는 여전히 밀려 있었다. 다시 메시지가 왔다.

왜 네가 일본으로 떠나기 전 이 말을 하지 못했을까, 나 그후로도
오래도록 나 자신이 미웠어.

내가 떠난 호텔에서 식은 음식을 앞에 두고 이 문자를 보내고 있을 민준을 생각하니까 가슴이 메어 왔다. 다시 메시지가 왔다.

지희 위로해 주고 다시 전화해 줄래? 언제나 늦지만 넌 결국 내게
로 오잖아!

차가 밀리면 나오는 노점 상인들이 차 곁으로 다가왔다. 보통은 과자나 음료수를 팔곤 했는데 뜻밖에도 장미 다발을 들고 있었다. 아마 오늘 신라호텔 옆의 국립극장에서 영화제 시상식이 있는 모양이었다. 그래서 차도 밀리고 있는 것 같았다.

"두려워하지 마. 설사 여기서 다시 영영 이별을 하더라도. 언니가 하고 싶은 말을 해. 언니가 하고 싶은 대로 하라고. 나 아직 사는 게 뭔지 사랑이 뭔지 잘 모르지만, 해놓고 하는 후회보다 하지 못해서 하는 후회가 더 크대. 내 말 무슨 뜻인지 알지?"

그것이 정말 록이의 목소리였을까. 꽃다발을 들고 선 사람이 내 창을 두드렸다. 나는 크림색 장미 한 다발을 샀다. 그리고 움직이기 시작하는 차들을 따라 힘껏 액셀러레이터를 밟았다.

'한 번만 용서해 줄 수 있지? 한 번만…… 한 번만 말이야.'

나는 누구에게 하는 말인지 모른 채 중얼거렸다. 그것이 민준이었을까, 아니면 준고였을까, 아니면 나 자신이었을까, 실은 도무지 모른 채로…….

37

가슴은 믿어지지 않을 만큼 떨리고 있었다. 나는 신라호텔 주차장에 차를 세워 놓고 창문을 조금 열었다. 차고 건조한 대기가 창 안으로 손쓸 틈도 없이 휘익 몰려들었다. 그제야 내 뺨이 붉게 상기되어 있다는 것이 느껴졌다. 나는 차 안의 미등을 켜고 내 주머니 속에 넣어 둔 카드를 꺼냈다. 희미한 어둠 속에서 보이는 카드 안에 펼쳐진 백지가 망망한 바다 같았다.

　부신 불빛이 내 눈을 찔렀다. 고개를 들어 보니 차가 한 대 들어와 내 맞은편에 서서 헤드라이트를 끄고 있었다. 부부인

듯한 남녀와 아이들 둘이 내렸다. 그들은 민준이 내게 제시하는 미래의 모범 답안처럼 보였다. 좋은 차와 아담한 아파트, 아들과 딸, 가끔씩 초대받는 우아한 호텔에서의 저녁 식사, 은은한 향수와 잘 다림질된 양복의 깃. 학교 식당에서처럼 긴 줄을 서서 가는 그곳, 결혼.

준고와 내가 함께 이야기하던 결혼은 그런 결혼이 분명 아니었다. 말하자면 그것은 결혼이라기보다는 그와 영원히 함께 있고 싶다는 내 열망의 보통 명사였으며 영원히 사랑하자는 말의 다른 이름이었다. 아이들은 차에서 내리자마자 뛰기 시작했다. 어린 양처럼 뛰노는 아이들을 보자 저절로 웃음이 나왔다. 이노카시라 공원에서 나와 부딪혀 내 손에 든 인형을 떨어트린 아이들 생각이 났다. 얼마나 오랫동안 내가 그 아이들을 생각하며 혼자 웃었던가. 기특한 것들, 하고. 그러자 내 마음이 가라앉았다.

너를 사랑해!

민준의 문자 메시지가 떠올랐다. 너는? 하고 민준이 묻는다면 나는 무엇이라고 대답할 수 있을까. 사랑을 하면 길거리를 걷다가 우두커니 서서, 앞서 걸어가는 다른 사람을 쳐다보면서 자기도 모르게 생각하게 되는 건데, 그 사람 지금 여기 있었으면 참 좋겠다 하고. 나로 하여금 그렇게 걸어가다가 우두커니 서 있게 한 사람은 누구였을까.

나는 볼펜을 꺼내 카드 위에 간단하게 생일을 축하합니다, 라고 썼다. 그리고 호텔 로비로 들어가 사사에 선생의 방을 물었다. 프런트의 직원은 잠깐 열쇠함을 살피더니, 아참, 아까 저쪽 바로 가셨는데요, 했다. 나는 천천히 바 쪽으로 걸음을 옮겼다. 밴드가 연주하는 경쾌한 음악 소리가 로비까지 흘러나오고 있었다. 내가 딛는 구두 소리가 대리석 바닥을 콩콩 울리고 있었다. 그 소리 사이로 호주머니에 손을 찌르고 집으로 걸어가는 민준의 반듯한 실루엣이 아른거렸다. 사랑의 상실로 울고 있는 지희의 가엾은 얼굴도 아른거렸다.

바 입구에 들어가 나는 혼자 앉아 있는 남자를 찾아 눈길을 돌렸다. 아직 늦은 시간이 아니어서인지 바 안은 한산했다. 저쪽에 서양 사람 두서넛이 위스키를 마시고 있었고, 구석 자리 쯤에 반백의 머리를 한 서양 남자가 두리번거리는 내 눈길을 의식하더니 빙긋 웃었다. 혼자 앉아 있는 동양 남자는 없었다. 그런데 그 순간, 나는 아까부터 나를 주시하고 있는 듯한 눈길로 끌려들어 가듯 고개를 돌렸다. 거기 고양이처럼 노란빛에 가까운 갈색 눈이 나를 뚫어져라 바라보고 있었다. 어디선가 낯익은 듯한 눈초리, 낭창낭창한 몸매, 가느다란 윤곽, 자신 있는 입매에 화사한 검은제비나비 같은 머릿결을 가진 그 여자와 나의 눈이 마주쳤다. 멀리서였지만 나는 그녀를 한눈에 알아볼 수 있었다. 그리고 내게 와 붙박인 그 여자의 시선에서 그녀 또한 나를 알아보고 있다는 걸 느꼈다. 그리고 그녀가 거절했던 그 남자, 그래서 칠 년 전 엄마 잃은 얼굴을 하고 내게로 왔던 그 남자가 이제는 등을 보이며 칸나 앞에 앉아 있었다.

가끔 수많은 생각을 동시에 할 때가 있다. 머릿속이 하얗게 폭발하고 마는 것 같은 순간이 있다. 고바야시 칸나와 눈이 마주치는 순간에도 그랬다. 그 폭발의 잔해들을 다 거두지도 못하고 내 몸이 먼저 돌아섰다. 문을 밀고 밖으로 나가려고 하는데 화사한 꽃다발을 든 내 모습이 로비 유리창에 비쳤다. 어떻게 카운터까지 걸어가 꽃다발을 맡겼는지 오랜 시간이 지나서도 떠오르지 않았다. 아마 그 곁에 쓰레기통이 있다면 거기다가 꽃다발을 버렸을 테지만, 내가 다가가자 카운터의 여자가 물었던 것이다.

"사사에 선생님께 전해 드릴까요?"

나는 다만 이런 비참한 순간에 크림색 장미 꽃다발을 들고 걸어가는 내 모습이 싫을 뿐이다.

'지희야, 민준아 미안해. 정말 미안해……'

나는 주차장을 향해 달렸다.

38

'나쁜 자식!'

나는 차가운 밤공기 속으로 걸어갔다.

'겨우, 칸나야!'

나는 핸드백 속에서 열쇠를 찾았다.

'그래서 떠나는 날 나를 붙잡지 않았던 거니?'

주차장의 불빛이 희미해서 열쇠는 쉽게 눈에 띄지 않았다.

'왜 하필이면 기분 나쁘게 낭창낭창하고 쪼끄만 그 일본 여자냐고!'

내 거친 손길에 핸드백이 뒤집히며 떨어졌다.

'오해를 풀고 싶다니…… 무슨 오해!'

나는 무릎을 꿇은 채 희미한 불빛 아래를 더듬거리며 떨어진 수첩과 지갑 등을 핸드백 속에 담았다.

'분당까지는 왜 찾아온 거야!'

열쇠는 저만치 떨어져 있었다.

'결국 칸나를 잊지 못해 나를 그렇게 보낸 거라고 말하고 싶었던 거니?'

나는 시동을 걸고 헤드라이트를 켰다.

'실은 너한테 말하고 싶었어!'

그리고 차는 출발했다.

'고맙다고 말하고 싶어서 온 거라고.'

차들은 여전히 밀리고 있었다.

'나한테 잘해 줘서 고마웠다고.'

앞차의 불빛들은 무채색의 겨울 거리에 꽃처럼 붉게 반짝였다.

'그때는 못 했는데 이젠 말할 수 있다고 말이야!'

멀리 신호가 바뀌자 차들이 출발했다.

'처음으로 사랑하게 해줘서 고마웠다고.'

나는 액셀러레이터를 밟았다.

'너한테 그 말을 한 번도 못 하고 투정만 부려서 미안했다고.'

나는 남산 쪽으로 차를 몰았다.

'그리고 웃으려고 했었어. 너한테 마지막으로 웃는 모습으로 남고 싶었다고!'

나는 준고가 한국에 온 그날처럼 나도 모르게 남산 언저리로 차를 몰고 있었다.

'지희랑 연습했던 대로 웃으며 안녕, 하고 인사하며 쿨하게 일어나서 나오려고 했다고!'

나는 어두운 남산 언덕길을 올라갔다.

'그래도 칸나가 있어서 잘됐잖아…….'

나는 내가 차를 세우곤 하던 그 자리에 차를 세웠다.

'안 그러면 말할 뻔했잖아.'

시동을 끄자 갑자기 머릿속으로 검은 어둠이 꽉 차오르는 것 같았다.

'칸나가 네 곁에 있는 줄도 모르고 말할 뻔했잖아.'

서울은 검은 벨벳 위에 놓인 보석의 바다처럼 빛나며 남산 아래 둥글게 펼쳐져 있었다.

'행복해야 해! 준고.' 하고.

나는 두 손을 비비며 검은 강물 위에서 막대 사탕처럼 수면 깊이 뿌리를 내리고 서 있는 멀리 보이는 불빛들을 잠시 동안 바라보았다.

　'행복하지 마! 준고. 나랑 함께였을 때보다는 행복하지 마.'

　집 앞 호숫가에 차를 세우고 나는 휴대 전화를 꺼냈다. 그리고 지희에게 문자를 보냈다.

　지희야 우리 아프리카로 갈까?

　- 돈이 어딨니? 우리 아버지 회사 그만두셨어.

　사랑 때문에 울지 말고 아프리카로 가라고 한 건 너잖아?

　- 나 태어나서 처음으로 남자한테 사귀자고 해본 거란 말이야. 흑흑.

　남자한테 먼저 그러면 안 된다고 지희 네가 매일 말했잖아. 사랑 가지고 울고불고하지 말라고도 했잖아.

　- 홍, 우리 아프리카로 가자. 진짜 아프리카.

진짜 아프리카? 그게 어딘데?

- 우리 서른이 될 때까지 그걸 찾아보기로 하자. 그래도 지금은 올래.
추신 : 그렇지만 어쨌든 여자들이 사랑에 집착해 울고불고하는
건 확실히 좋은 일은 아니야.

나도 모르게 웃음이 나왔다. 나는 차에서 내려 차가운 공기
를 들이마셨다. 호수는 검은빛이었다. 어둠 속으로 칸나의 희
고 윤곽이 고운 얼굴이 떠올랐다. 내가 처음으로 사랑했던 준
고가 처음 사랑했던 여자, 그 여자가 칸나라는 이름을 갖고 있
었다는 이유만으로 그 후로 나는 출판사의 행사 때도 칸나 꽃
이 들어간 화환은 절대 쓰지 않았다. 칸나와 비슷한 글라디올
러스라는 꽃까지 싫어하게 되었다.

이노카시라 공원 입구 꼬치구이집에서 준고는 내게 처음으
로 그녀의 이야기를 했었다.

"왜 헤어졌느냐고? 내가 미덥지 못하대……."

준고는 쓸쓸하게 웃었다. 순간 마음속으로 쾌재를 불렀지
만, 실은 나도 모르게 한국말이 튀어나올 뻔했었다.

'누가 감히 우리 준고한테 그런 말을 해…….'

그건 엄마가 늘 내게 하던 말이었다. 내가 놀림을 당하고 들어오거나 내가 슬퍼하거나 내가 멋있다고 생각하던 고등학교 동창이 딴 여자랑 이미 사귀고 있다는 것을 알았을 때, 엄마는 내게 말하곤 했었다. 누가 감히 우리 홍이한테 그런 말을 해, 라고. 그때 나는 준고를 꼭 안고 말해 주고 싶었다.

'누가 감히 우리 준고한테 그런 말을 해…….'

하지만 그가 알까. 우리라는 그 말의 의미를? 우리 집, 우리 가족, 우리 아이들 그리고 우리 남편, 우리 아내의 우리라는 말은 이미 네 속에 내가 들어 있고 내 속에 네가 들어 있다는 뜻임을. 관계를 맺으면 나조차 네가 되고자 하는 한국인들의 마음을. 그리고 그것이 그를 향한 내 마음이었다는 것을. 처음부터 속수무책으로 그랬다는 것을.

39

호숫가의 밤바람은 아주 찼다. 나는 먼 하늘을 올려다보았다.

준고가 돌아오지 않았던 수많은 저녁 동안 나는 혼자 그의 방에서 그를 기다리고 있었다. 그리고 가끔은 시간을 보내기 위해 공원으로 나가 서성였다. 그런 날의 밤이면 공원에 모인 사람들은 모두가 둘씩이었다. 모두가 서로 얼굴을 마주 보고 있는데 나 혼자만 거기 서서 오지 않는 그를 기다리고 있는 것 같았다. 그런 날은 아자, 하고 혼자서 구호를 외치고는 호숫가를 뛰기도 했다. 한 번은 호숫가를 뛰고 있는데 한 남자가 아는 척을 해왔다. 가끔 이 공원에서 얼굴을 마주친 적이 있는 것으로 보아 근처에 사는 사람인 모양이었다. 그가 술이 많이 취한 것 같아 그냥 지나치려는데, 이봐요, 하는 소리가 들렸다. 아주 짧은 순간이었지만 침을 꿀꺽 삼키고 그냥 뛰어가려고 하자, 다시 소리가 들렸다.

"아가씨, 늘 혼자 뛰던데……. 외로우면 술 한잔 같이할래요?"

옆에 있는 친구들이 뭐라고 만류하는 소리가 들렸다.

나는 팔을 힘껏 휘저으며 뛰었다. 실은 그가 쫓아와 내게 어떻게 할까 봐 무서워서 그런 거지만.

나는 혼자 있는 것이 무서웠다. 여긴 아빠도 없고 엄마도 없으니 준고가 옆에 있었으면 했던 것이다. 그가 없는 밤들이 나는 너무나 무서웠다. 그렇게 몇 바퀴를 뛰고 공원 계단에 앉아 하늘을 바라보았다. 엄마가 보고 싶었고, 아빠가 보고 싶었고, 할아버지와 록이가 보고 싶었고, 지희도 보고 싶었다. 그들은 한국에 있었다. 그리운 사람들이 사는 그 한국에서 편지가 왔다.

흥, 그래도 우린 아직 어리고, 또 일본이 우리에게 끼친 문
화적 폐해를 연구하는 할아버지를 둔 네가, 다른 나라 사람
도 아니고 일본 사람을 사랑한다니……. 네가 좀 더 신중했

으면 좋겠어.

나는 분명 한국에 있는 그들을 사랑하고 있었다. 그리고 그들과 똑같이 일본에 있는 준고를 사랑하고 있었다. 그런데 내가 사랑하는 두 부류의 사람들은 서로 만나려고도 하지 않았다.

나는 준고를 택했다. 그런데 내 곁에는 그 준고가 없다. 있다고 해도 너무 멀리에 있다. 그를 가까운 곳에 두고 매일 보고 싶어서 엄마와 아빠를 떠나 이곳으로 왔는데, 이제 그마저 멀어지고 있었다. 내가 아무리 필사의 힘을 다해 뛰어도 그는 날마다 내게서 조금씩 멀어져 가고 있었던 것이다.

"홍이니?"

고개를 돌리니 아버지가 파카를 걸친 차림으로 서 있었다. 네, 하고 대답하자 아버지는 천천히 내게로 걸어왔다.

"추운데 뭐 하니."

"그냥 하늘 보고 있었어요."

주머니에 두 손을 찌른 채 우리 부녀는 잠시 호숫가에 서 있었다.

"차 여기 두고 아빠랑 오늘 소주 한잔할까?"

아버지의 목소리는 낮았고 뭐랄까, 오래 생각하고 말을 꺼내는 자 특유의 엄숙함 같은 것들이 배어 있었다.

"그러지 뭐."

나는 아버지와 나란히 호숫가를 걸었다. 걷다가 아버지의 옆얼굴을 훔쳐보았는데 처음으로 아버지가 남자라는 생각을 했던 그때가 떠올랐다. 교토에 있는 시즈코의 얼굴이 아버지의 얼굴과 겹쳐지고 있었다.

40

삼 년 전쯤인가 도쿄에서 열린 출판 관계자 회의에 갔을 때 아버지는 뜻밖에 교토행을 제의했다.

"거기 아빠 친구가 한번 들르라고 하더라."

아버지는 그렇게만 말했다. 벚꽃이 피기 직전의 이른 봄이었다. 나는 그곳에 가서 내가 사랑했던 그 일본인 청년과 하룻밤을 묵고 온 적이 있다고 말할 수 없었다. 다시 한번 그곳에 가고 싶기도 했고 똑같은 강도로 그러고 싶지 않기도 했다.

처음 사랑했던 그 사람하고 여기 왔었어요, 라고 말하고 싶었지만 나는 말할 수 없었다. 나도 이젠 어린아이가 아니었고, 아버지에게 사랑했던 추억을 털어놓기에는 너무 커 버렸던 것이다.

준고와 나는 그때 사가노의 대나무숲에서 입을 맞춘 후, 다정하게 손을 잡고 그 여인의 집을 찾아갔다. 그때 시즈코라는 얼굴이 하얗고 조용한 여인이 우리에게 대접한 차고 투명했던 포도주와 정갈한 일본식 식사. 숙박비 낭비하지 말라고 그녀는 하나밖에 없는 손님방에 키 작은 병풍을 사이에 두고 우리에게 자리를 두 개 깔아 주었다. 낮은 칸막이를 가운데 놓고 한 방에 우리는 누워 있었다.

"윤오, 자?"

내가 물었다. 낮은 칸막이 밑의 한 뼘 되는 틈으로 그가 나를 바라보았다.

"이렇게 누워서 좀 떨어진 채로 누운 윤오, 널 보니까 너무 멋지다, 매혹적이야."

준고가 아직 잠들지 않은 시즈코를 의식하는 듯 손가락을 입에다 대고 쉬이, 했다. 그렇게 서로를 바라보고 있으니 왜 이렇게 웃음이 나던지, 누워서 입을 틀어막고 얼마나 깔깔거렸는지……. 그때 아버지의 딸인 홍이라는 여자는 결국 그 칸막이를 돌아가 준고의 품에 안겼다. 시즈코는 그 모든 것을 아는 것 같았지만 그저 조용한 교토의 아침처럼 그렇게 우리를 배웅했었다.

하는 수 없이 나는 신칸센을 타고 준고와 함께 갔던 그 여행을 떠올렸다. 차분한 기와지붕을 얹은 일본의 집들이 차창 밖으로 나란히 보였다. 나고야라는 이정표를 지나고 한참 후 멀리 설산이 보였다. 도쿄에서 교토로 달리는 신칸센이 덜컹일 때마다 이 길에 뿌려진 준고와 홍이의 자취를 밟고 가는 것만 같았다. 젊어서 무모했던, 그러므로 순정적이었고 따라서 패배했던 사랑의 자취들. 보이지 않지만 그렇게 실패할 수밖에 없었던 한국과 일본의 연인들의 과거가 점점이 흩어져 벚나무마다 하얗게 맺혀 있는 것 같았다. 꽃으로 피어나기 위해서.

사가노의 전통찻집 지쿠로안 앞에서 아버지와 딸은 그렇게 각각 일본 여인과 일본 남자를 생각하며 그 대나무숲을 걸었다. 그리고 우리는 시즈코의 찻집으로 들어섰다. 그때 아버지를 바라보던 시즈코의 표정을 내가 잊을 수 있을까. 오직 한사람만을 사모하는 여인의 눈빛이 저런 것일까. 소유욕도 넘어서고, 육체도 넘어서고, 그리하여 마지막 남은 정신도 넘어서서 바라보는 존재가 되어 버린 여인의 눈빛. 그건 우리 세대하고는 너무나 동떨어진 개념이었지만 하는 수 없이 나는 존경의 눈빛으로 그녀에게 인사했다. 하지만 동시에 평생 아버지의 등 뒤에 서 있는 엄마의 눈빛을 함께 떠올릴 수밖에 없었다. 두 여인 중에서 누구의 인생을 택하고 싶으냐고 나는 내게 물어보았다. 나는 둘 다 싫었다.

지쿠로안에서 차를 마시며 아버지는 시즈코와 조용조용히 말을 나누었다. 별말도 아니었다. 말은 자주 끊겼고 가끔 시즈코는 두 손으로 입을 가리고 웃었다. 아버지가 아빠가 아니라 그냥 한 남자로 보인 것은 그때가 처음이었다. 인정하기 싫었지만 아버지는 시즈코와 있을 때 더 남자다웠고, 엄마와 함께였을 때보다 더 평화로워 보였다. 그리고 이건 정말로 인정하기 싫었지만 그냥 한 사람의 남자와 한 사람의 여자 같았다. 그무렵 정체성의 혼란 없이 내가 두 사람을 바라볼 수 있었던 것은 아마도 그때 내가 하나의 사람으로 성장했기 때문이었을까.

윤동주가 시 속에서 동생에게 물었다. 어른이 되면 무엇이 될래, 동생은 대답했다.

"사람이 되지."

아버지가 화장실에 간 사이 내 시선은 하는 수 없이 준고와 같이 묵었던 손님방으로 향했다. 방문 밖에 걸린 붉은 등롱도,

뒤창의 푸른 대나무숲도, 정갈한 다다미방도 그대로였다. 그때 시즈코가 가운데에 막아 주었던 키 작은 병풍이 방 한구석에 아직도 서 있는 것을 보았을 때, 아마 혼자였다면 나는 울어버렸을 것이다. 입을 앙다물고 있는 내게 시즈코가 말했다.

"홍이가 한국인으로 태어난 것은 홍이의 잘못이 아니야. 그렇지만 누군가가 홍이를 한국인이라고 해서 사랑하지 못한다면 그건 그 사람의 잘못이겠지."

거꾸로 이야기해서 준고가 일본인인 것이 그의 잘못은 아니지만 일본인이라고 해서 네가 사랑하지 않는다면 그건 네 잘못이라는 말이었을 것이다.

"우리 할아버지가 반대하신 건가요?"

시즈코는 조용히 웃었다.

"우리 아버지를 용서하실 수 있었어요?"

시즈코는 조용히 웃었다.

"아직도 아버지를 사랑하시나요? 세상에 그런 사랑이 있는 건가요?"

얼굴이 잠깐 어두워지더니 시즈코는 그냥 조용히 웃었다.

41

포장마차에는 사람이 없었다. 우리 부녀가 들어서자 내 얼굴을 아는 주인아주머니는 내 곁에 있는 사람이 민준이 아닌 것이 약간 의아한 거 같았다.

　"아빠라고 말 안 할 거야. 멋있는 중년의 애인인 것처럼……."

　호주머니에 손을 찌르고 있는 아버지에게 팔짱을 끼며 귓속말을 하자 아버지가 살며시 웃었다. 지난번 부도 위기를 겪은 이후 몸이 약해진 아버지는 좀처럼 집에서 술을 마시는 일이 없었다. 게다가 소주라면. 그런데 아버지는 소주와 대합탕을 시켜 놓고 내 잔에 술을 따랐다. 출판사의 회식 자리라면 몰라도 이런 일은 드문 일이었다. 우리 부녀는 투명한 소주가 담긴 작은 잔을 하나씩 들고 가볍게 부딪쳤다. 나는 아버지를 향해 밝게 웃어 주었다. 그래야 할 것 같았다.

"교토의 그 사람……."

내가 두 잔쯤 마셨을 때, 반 잔도 비우지 않은 아버지가 입을 열었다. 왜 그런지 가슴이 덜컥 내려앉았다.

"사에키 시즈코 씨?"

내가 물었다. 아버지는 상처 위에 소독약을 붓는 것처럼 쓰라린 표정으로 잠시 입을 다물었다. 여전히 그 이름을 듣는 것만으로도 힘들어하는 아버지가 나는 문득 가여워졌다. 우리 아빠, 라고 우리라는 단어를 넣어서 아버지를 불러 보고 싶었다. 아버지는 그런 내 눈길을 느꼈는지 나를 바라보았다. 아버지의 눈에는 이제 인정하고 싶지 않지만 딸을 한 사람의 여자로 인정해야 하는 이 세상 모든 아비들의 회한과 용기 같은 것이 지나가고 있었다. 아버지는 내 머리카락을 쓸어내렸다. 내 마음속으로도 무언가가 지나가고 있었다. 이제 나도 한 사람의 여자가 되어 아버지를 떠나야 할 것 같다는 이 세상 모든 딸들의 슬픔과 기쁨이.

"아버지가 그 사람에게 많이 잘못했다⋯⋯. 네 엄마에게는 말할 것도 없고."

아버지는 입을 다물었다.

"할아버지가 반대하신 거였잖아."

내가 아버지를 위로하고 싶어 다 안다는 듯한 어투로 대꾸했다. 아버지는 술잔을 그러쥔 채로 가만히 고개를 저었다.

"할아버지는 아무 말씀도 하지 않으셨다. 그 여자를 거절한 것은 나였어."

가슴이 쿵 하고 내려앉았다. 나는 할아버지가 일본을 싫어했고 그래서 반대한 줄로만 알고 있었다. 엄마도 그렇게 알고 있었다. 하지만 때로 진실은 이렇게 난데없는 곳에서 암초처럼 나를 기다리고 있기도 한 것이다.

"할아버지 핑계를 댔지. 거짓말할 생각은 아니었다만, 그 여자에게 한국의 사정을 설명해 주는 것보다는 그게 나았어⋯⋯. 한국과 일본이 수교한 지 십 년이 채 안 지난 그때, 아직도 식민지였던 분노가 남아 있는 나라로 그녀의 손을 이끌고 올 수가 없었다. 한국 말을 한마디도 못하는 그 여자가 한국에서 힘겹게 살아가는 걸 보는 게 견딜 수 없을 거 같았다. 그렇다고 맏아들로서 일본에 가서 살 자신도 없었고⋯⋯."

"이해할 수가 없어, 아빠. 사랑했다면…… 그게 진짜였다면……. 아빠는 그렇게 함으로써, 아빠는 두 여자를 불행하게 만들었잖아."

나는 나쁜 딸처럼 말했다. 그렇지만 다 이해할 수 없었던 것은 아니다. 그렇지만 꼭 다 이해할 수 있었던 것 또한 아니다. 나는 이제 내가 아버지를 딸로서가 아니라 한 여자로서 대하게 되었다는 것을 깨달았다.

"비겁했던 거지……."

아버지는 남은 술을 마저 마셨다. 그 말을 들었을 때 우리가 앉은 포장마차 밖으로 광활한 시베리아와 거대한 만주 땅과 높다란 개마고원을 모두 지나왔을 대륙의 바람이 지나가고 있었다. 바람이 불 때마다 포장마차의 천막이 펄럭펄럭했다. 문득 흔들리고 있는 것이 그 천막만은 아니라는 생각이 들었다.

"미안하다. 홍아……."

아버지가 낮게 말했다. 딸 앞에서 미안하다고 하는 아버지와 딸 앞에서 자신이 비겁했다고 말하는 아버지는 그럼에도 용감해 보였다. 귀밑으로 보이는 머리는 희끗거리고 엷은 주름이 진 얼굴은 건조해서 까칠해 보였지만 실은 멋있어 보이기도 했다. 그리고 조금은 슬픈 느낌을 주었다.

"우리 애인처럼 손잡아, 아빠."

나는 낮은 음성으로 속삭이며 아버지의 손을 잡았다. 아버지의 손은 여전히 따뜻했다. 아버지는 다시 웃었다. 눈가와 이마에 주름이 선명했다. 아버지가 늙어 가고 있다는 사실을 나는 처음으로 인정했다.

"할아버지가 돌아가시기 전에 나를 부르셨다. 제대로 말도 못 하시는 양반이 힘겹게 말씀하셨어. 홍이 너를……."

술잔을 들다가 내가 멈칫했다. 등줄기를 따라 차고 단단한 것이 주룩 흘러내려 왔다.

"너를 막아서는 안 된다고……. 젊은이들에게 더 이상 우리의 상처를 물려주지 말라고."

나도 모르게 잔에 남은 술을 모두 마셔 버렸다. 내 곁에 앉은 아버지가 나를 물끄러미 바라보았지만 나는 아버지 쪽을 돌아보지 않았다. 비참한 기분이었다.

"사사에 선생을 보고 있으니, 그때 생각이 나서……. 록이의 홈페이지에서 그 이야기를 읽긴 했다만……."

내가 고개를 들고 아버지의 말을 막았다.

"아니야, 아빠. 나 독립운동 하려고 그 사람하고 헤어진 거 아니야. 아빠가 혹은 엄마가 결혼하라고 내 등을 밀었더라도 우린 끝났을 거야……. 아빠, 사랑은 어쨌든 끝나는 거잖아. 헤어져도 끝나고 결혼해도 끝나고……."

나는 말을 마저 이을 수 없었다. 아버지는 아무 말도 하지 않았다.

42

이제 와서 그와 헤어지던 무렵을 생각하면, 모든 일이 한참 후에 생각하면 그렇듯이 알 수 없는 어떤 힘들이 우리의 이별을 독촉하고 있었음을 느낀다.

　그와 헤어지기 며칠 전, 준고의 집으로 들어오기 전에 살던 집의 주인인 선배로부터 만나자는 전화를 받았다. 이노카시라 공원 벤치에 앉아 선배를 기다리고 있는데 잎만 무성한 벚나무 뒤로 흐린 하늘이 보였다. 매우梅雨가 시작되려고 하는 것 같았다. 매우기가 되면 호수의 청동 빛깔은 더욱 짙어지고 준고가 좋아하는 신록도 그 연한 빛을 잃고 거친 초록으로 변해 가곤 했다. 우리는 나란히 벤치에 앉았다.

"홍이가 지금 몇이지?"

선배는 물었다.

"스물둘이요."

나는 대답하면서 왜 선배가 이런 이야기를 꺼내는지 가늠해 보았다. 선배는 내가 준고와 동거하고 있는 사실에 대해 이야기하려는 것이었다. 나는 약간 굳어졌다. 준고의 어머니와 아버지도 만났고, 함께 영원히 아침을 맞자고 했지만 나는 아직까지 어떤 구체적인 계획도 그에게서 들은 적이 없었다. 그즈음 서로 등을 돌리고 자는 일이 잦아졌고, 늦게 들어와서 아침 일찍 나가는 준고의 얼굴을 며칠씩 보지 못하는 날도 있었다. 그리고 이렇게 선배 앞에 앉아 있게 되자, 갑자기 수치심이 몰려왔다. 한국인에게 동거란 그리 좋은 일은 아니었다.

"결혼을 결정하기에는 조금 이르지 않니?"

선배는 약간 보수적인 한국 여자 특유의 생각을 조심스레 내게 건넸다.

"우린 서로 사랑하고 있어요……."

선배는 깊이 한숨을 쉬더니, 사랑은 부모님 밑에서도 충분히 할 수 있는 거야, 하고 말했다. 우린 서로 사랑한다고 말했지만 말을 해놓고 보니 그것조차 불분명하다는 사실을 깨달았다. 사랑한다고, 겁도 없이 나는 그에게 말했었는데 그는 그 말을 쓰지 않았다. 나 혼자서만 그에게 사랑해, 사랑해, 하다가 내 입마저 다물어졌던 것이다. 가끔 준고가 없는 밤에 검은 유리창에 비추어진 내 얼굴을 보면서 나는 묻곤 했었다.

'나는 네게 대체 뭐니?'

선배는 잠시 망설이다가 다시 입을 열었다.

"어머니가 내게 전화하셨어. 어제 할아버지가 쓰러지셨대. 위독하다고 하셨어. 홍이 널 많이 보고 싶어 하신다고……."

그날 나는 이노카시라 공원을 열 바퀴쯤 뛰었다. 그리고 준고의 집 앞 계단에 앉아 있었다. 땀으로 범벅이 된 머리카락이 찬바람이 불 때마다 양 볼로 엉겨 붙었다.

나는 할아버지를 아버지보다 더 따랐다. 할아버지는 맏손녀인 나를 특별히 어여쁘게 여기셨다. 아주 어린 시절부터 나는 세미나가 열리는 경주나 부산, 설악산과 제주로 할아버지를 따라다녔다. 그리고 할아버지는 한글의 아름다움에 대해 내게 이야기해 주셨다. 세계에서 하나뿐인 창조적 글자 한글을 고안해 낸 세종대왕과 슬픈 눈의 시인 윤동주를 가르쳐 준

것도 할아버지였다.

　할아버지는 말년을 고향 서귀포에서 보내고 계셨다. 아름다운 푸른 바다가 있는 곳. 나는 지금까지 서귀포만큼 아름다운 도시를 본 일이 없다. 그런데 거기서 할아버지가 쓰러지셨다는 것이다. 나는 망설이다가 수화기를 들고 록이의 휴대 전화로 전화를 걸었다. 그때까지만 해도 국제 전화비가 너무 비싸 전화할 엄두를 내지 못했던 것이다.

43

그때 록이의 건조한 목소리를 나는 지금도 잊지 못하고 있
다. 재수를 하고 있던 록이는 지금 학원 수업 중인데 잠깐만,
하더니 전화를 다시 받았다. 록이의 말은 선배 언니가 전해 준
말과 같았다. 그리고 위험한 고비는 일단 넘겼지만 언제 돌아
가실지 모른다는 말을 조금 망설이다가 덧붙였다. 다만 록이
는 그때 아버지가 할아버지에게 물려받아 새로 시작한 출판사
가 부도 직전이라는 이야기는 하지 않았다.

　"……할아버지, 내 이야기 알고 계시니?"

염치가 없었지만 언니로서의 위엄을 최대한 갖추려고 노력하며 내가 물었다. 록이는 잠깐 한숨을 쉬더니, 응, 하고만 대답했다. 그러나 예전 록이의 목소리가 아니었다. 말하자면 록이는 언니라는 자격을 내게서 박탈하고 싶어 하는 듯했다. 나는 가족 구성원들에게까지 밀려나는 듯한 두려움에 휩싸였다. 그러므로 그때 내 곁에 있는 사람은 아무도 없었다.

"록아, 어떻게 하지?"

록이는 잠시 머뭇거리더니 특유의 시니컬한 어조로 대답했다.

"나는 언니를 이해할 수가 없어. 엄마와 아빠를 보고도 아직도 사랑을 믿어? 대체 거기서 뭐 하고 있는 거야?"

짧게 통화를 마치고 나는 샤워를 하려고 욕실로 들어갔다. 그즈음 청소를 제대로 하지 못해서 욕실 여기저기는 어수선하고 더러웠다. 옷을 벗으려고 하는데 거울 속으로 머리카락이 땀에 잔뜩 엉겨 붙은 여자가 보였다. 마른하늘에 갑자기 번쩍이는 번개처럼 무엇인가가 나를 쳤다. 나는 말없이 티셔츠를 벗으려고 했다. 그런데 그 순간 무엇인가가 다시 한번 나를 내리쳤다. 내 몸을 휘청거리게 할 만큼 강렬한 감정이었다. 다 벗지 못한 티셔츠를 팔에 낀 채로 나는 욕조 가장자리에 걸터앉

왔다. 마음 깊은 곳에서 누군가가 묻고 있었다.

'최홍, 너, 여기서, 대체, 뭐 하고 있는 거니?'

순간 세상의 모든 빛이 암전되어 버린 것처럼 아찔해졌다. 그 어둠 속에서 나는 눈을 몇 번 깜빡였다. 마음 깊은 곳에서 다시 거역할 수 없는 물음이 들려왔다.

'윤동주를 연구하는 학자가 되겠다던 너는, 대체, 여기서 뭐 하고 있는 거냐고?'

마취에서 깨어난 것처럼 온몸이 아파 왔다. 가슴 한구석이 갈라지는 듯했다. 나는 긴 잠에서 깨어난 사람처럼 사방을 둘러보았다. 검은 장막이 서서히 걷히며 어렴풋이 사물들의 윤곽이 보였다. 이곳은 좁은 욕실, 준고의 아파트였다. 도쿄였고 일본이었다. 나는 여기서 오전에는 일본어 학원을 다니고 그리고 나머지 시간은 준고를 기다리고 있었다.

스물둘의 여자가 일본 나이로 스물둘이고 한국 나이로는 스물셋인 남자를 하루 종일 턱을 괴고 앉아 기다리고 있었다. 그것뿐이었다. 꿈도 버리고, 가족도 배반하고, 죽음의 문턱에 선 할아버지도 외면한 채……

나는 욕실 바닥에 주저앉았다. 일본에 도착한 이래, 대기에 언제나 머물러 있는 습기처럼 내 몸에 스며들었던 이방인의 고독이 내 마음속에서 소나기처럼 내리기 시작했다.

"동거한다니까 일본 말을 그렇게 잘하는 모양이야. 그 여자 너무 재수 없어."

어학원에서 한국 남자아이들이 수군거리곤 했었다.

"네가 바로 그 최홍이구나."

어학원에서 마주치던 한국 여자아이들의 야릇한 눈초리도 따라왔다.

이제 더 이상 지체하지 말고 결심을 해야 했다. 나는 준고에게 한국으로 가자고 할 셈이었다. 할아버지가 돌아가시기 전에 인사를 드리자고 하고 싶었다. 내가 그의 어머니와 아버지를 만나 인사했듯이 그를 한국으로 데려가고 싶었다. 내가 할아버지 이 사람은 좋은 일본인이에요, 하면 할아버지도 빙그레 웃어 주실 것 같았다.

그날 역시 늦게 돌아온 준고는 피곤하다는 듯이 물을 한 잔 마시더니, 자자, 하고는 자리에 누웠다.

"할 이야기가 있어."

내가 말을 꺼내자 그는 돌아누우며 베니 내일, 하더니 이불을 뒤집어썼다.

"대체 너에게 나는 누구니?"

등을 돌리고 누운 준고의 뒷모습이 낯설게 느껴졌다.

"대체 너에게 나는 무슨 의미인 거냐고!"

그가 가늘게 코를 고는 소리가 바다 위에 내리치는 번개처럼 밤새 내 망막에 푸른빛으로 번쩍번쩍했다.

"오늘은 안 되고 내일 시간이 나니까, 홍, 우리 맛있는 거 먹으러 가자."

아침이 되자 미안하다는 듯 그가 말했다. 나는 침을 한 번 삼키고 그래, 그럴게, 했다.

44

함께 외식을 하기로 한 그날 준고는 저녁 시간이 다 되어도 돌아오지 않았다. 밥을 먹지 않고 기다렸지만 저녁 식사 시간이 지나고 밤이 깊어 가도록 연락이 되지 않았다. 나는 초조하게 전화기 옆을 서성였다. 혹시나 전화기가 고장 났나 싶어 몇 번이나 수화기를 들었다 놓았다 했다. 무슨 사고라도 났나 싶어 부질없이 텔레비전의 뉴스를 찾아 틀었다. 별다른 뉴스는 없었다. 세상은 평온하게 돌아가고 있었다. 텔레비전을 끄려고 하는데 먼바다에 돌풍이 분다는 소식이 들렸다. 나는 텔레비전을 끄고 밖으로 나가 보았다. 하늘은 몹시 흐려 있어서 별 하나 보이지 않는 밤이었다. 공원 입구 꼬치집도 문을 닫았고 사방은 고요했다. 먼바다에서 분다는 돌풍이 뚱딴지같이 생각났다. 나는 그 돌풍 속으로 달려가고 싶었다. 모든 바람을 바다에 풀어놓고 싶었다. 그리고 나도 그 한복판으로 날아가고 싶었다. 그때 마침 전화벨 소리가 들렸다. 나는 공원 입구에서 집까지 전속력을 다해 뛰었다. 준고에게 무슨 사고라도 났을까 하는 생각 때문에 계단 입구에서 잠깐 넘어졌지만 아픈 것도 참고 집으로 뛰어들어 갔다. 그러나 전화는 얌전히 놓여 있었다. 완강한 침묵이었다. 벨소리는 환청이었다.

시간은 새벽 한 시가 넘어가고 있었다. 무슨 사고가 생긴 것이 틀림없었다. 눈물이 나왔다. 어디선가 준고가 교통사고를 당해 피를 흘리며 누워 있는 환영이 어른거렸다. 그러자 할아버지도 아버지도 록이도 지워지고 그가 죽으면 나는 더 이상 살 수 없을 거라는 확신이 들었다. 가끔은 미웠고 가끔은 야속했던 사람이지만, 내 생애의 첫 사람인 그가 죽는다면……. 나는 정신이 나간 여자처럼 무릎을 꿇고 평소에는 잘 부르지 않던 하느님을 찾았다.

'하느님 준고를 살려 주세요. 원하는 것은 오직 그것뿐이

에요.'

격정적인 눈물을 흘리며 그렇게 두 손을 모은 채 얼마가 지 났을까. 마음이 싸늘히 식어 내리면서 그게 아닐지도 모른다 는 생각이 들었다. 아침에 다시 한번 다짐했었다. 준고는 약속 을 그렇게 허투루 어길 사람이 아니었다. 그런데 약속을 어길 사람이 아니라는 생각 뒤에 순간이었지만 만일 그런 사람이 약속을 어긴다면, 그렇다면 그것은 하나의 메시지일지도 모른 다는 생각이 들었다.

멀리서 준고의 발자국 소리가 들려오기 시작했을 때, 내 신 경은 고슴도치처럼 곤두서 있었다. 설사 비단결 같은 바람이 라 해도 그 수많은 가시 중 하나라도 건드리기만 하면, 가을 논 에 바람이 불듯 존재 자체가 출렁일 것만 같았다. 그렇게 내 온 몸이 바늘 끝처럼, 어둠 속을 침입하는 사무라이의 칼끝처럼 준고의 발자국 소리에 반응하고 있었다.

"아직 안 잤어?"

어둠 속으로 들어서며 준고는 태연한 목소리로 말했다. 그 의 얼굴은 내가 상상 속에서 그린 대로 피투성이가 되어 있지 않았고, 피치 못할 일을 끝내고 온 사람처럼 미안해하지도 않 는 표정이었다. 그 순간 나는 우리의 이 무모한 사랑의 종말을 고하는 종소리를 들은 것 같았다.

"우리 잡지 간판 작가가 죽었어."

순간 마음속으로 할아버지의 얼굴이 떠올랐다. 나를 기다리며 죽음을 기다리고 있는 할아버지. 일본 남자와 사랑에 빠져 있는, 그래서 볼 수 없는 손녀를 그리워하고 있을 우리 할아버지. 그런데 나는 아르바이트하는 출판사 간판 작가의 죽음을 이야기하고 있는 태연한 저 일본 남자를 밤새 기다리고 있었던 것이다. 언뜻 웃음이 나왔는데 마음속으로는 나도 어찌할 수 없는 회오리바람이 거세게 일어나고 있었다. 모든 바람을 바다에 풀어놓고 싶다는 생각이 다시 한번 들었다.

"그래도 전화 한 통은 해줄 수 있지 않았어?"

내가 인내심을 다해 천천히 물었다. 모든 것의 끝을 알리는 종소리를 들었다 해도 아직은 이 사태를 믿고 싶지 않았다. 아직은 희망의 문이 완전히 닫힌 것은 아니라고 나 자신에게 말하고 싶었던 것이다. 아니, 어쩌면 그 희망의 문을 낑낑거리며 내가 붙들고 있었던가. 나는 그렇게 온 존재의 힘을 다해 닫히려는 문을 붙들고 있는데 준고는 나를 외면한 채 태연히 냉장고를 열어 우유를 꺼내 들었다. 그리고 여전히 내 쪽은 보지 않은 채, 너무 바빠서 어쩔 수가 없었어, 하더니 식탁에 앉았다.

그가 나를 바라만 보았더라면, 그가 내 손을 잡아만 주었더라면 모든 일이 달라질 수 있었을까……. 나는 지금도 모른다. 머릿속으로 더 이상 참을 수 없는 토악질처럼 뜨거운 것이 올라왔다. 모든 것이 끝났다는 생각이 다시 한번 나를 사로잡았다.

"끝내자, 준고."

내가 말했다.

준고는 마치 낯선 외국어라도 들은 사람처럼 멍한 표정이었
다. 실은 나는 그가 무슨 일이 있느냐고 물어 주기를 바랐던 것
일까? 그랬을 것이다. 우리 지금은 힘든 시간이니까 조금만 이
고비를 넘겨 보자고 말해 주기를 기다렸던 것일까? 그랬을 것
이다. 아니, 그러지 않았는지도 모른다. 이 서투른 동거와 이국
생활의 외로움에 나는 지쳐 가고 있었다. 그가 내 손을 잡고 다

정하게 흥, 이야기를 해봐, 하고 말한다 해도 나는 떼를 쓰듯 우겼을지도 모른다. 한국으로 갈래, 한국으로 갈래, 하고. 그때 나는 생이 우리에게 얼마만큼 냉정하게 모든 행위에 대해 해명과 책임을 요구하고 있는지를 이해하지 못하는 스물둘이었다.

'준고, 함께 한국에 가자. 가서 할아버지께, 일본 여자랑 결혼하려던 아빠를 반대한 할아버지가 돌아가시기 전에 너처럼 좋은 일본 사람도 있다는 걸 말하자. 우리 세대는 다르다고 말하자. 응?'

나는 그렇게 말하려고 했었다. 하지만 그는 묻지 않았다. 피곤함과 짜증이 섞인 그의 눈빛이 침묵 속에서 비수처럼 나를 찌르고 있었다. 할아버지의 슬픈 얼굴이 내 눈앞을 가로막았다.

그날 나는 그에게 소리쳤다. 무슨 말들을 했는지 다 기억이 나지 않는다. 다만 내가 너희, 일본 사람들이라고 소리쳤을 때, 우리를 점령하고 우리를 괴롭히고 우리 것을 빼앗아 가고, 하는 소리들을 했을 때 준고의 얼굴이 처음으로 천천히 나를 향했는데 그때 그의 눈빛은 망치로 얻어맞은 것처럼 멍해 보였다. 질려서 멍해진 그의 눈에 마지막 비수를 꽂듯이 나는 다시 소리쳤다.

"잘못은 너희가 했는데 우리는 오십 년이 넘도록 너희를 쫓아다니면서 사과해라, 사과해라 하고 있는 것도 너무 웃겨. 너처럼 조금도 미안해하지 않는 너희 일본 사람들한테!"

준고가 입을 다물고 나를 외면하고 있었다. 그는 진공의 공간 속으로 잠시 사라져 버린 것 같았다. 같은 공간에 있었지만 우리는 이미 다른 차원으로 나뉘어 있었다. 그제서야 내게도 모든 것이 선명해졌다. 아니라도 해도, 무심하다고 해도, 나는 한국의 여자였다. 나를 점령해 버렸던 그 분노는 이제 와 생각하면 결국 나 자신을 향한 것이었지만 나 자신이 나 하나만은 아니었다. 그와 나 자신 속에 우리가, 그의 조국 일본과 내 조국 한국의 긴 시간들이 지나가고 있었던 것이다. 미국인이나 중국인이나 영국인 애인과 헤어질 때는 결코 사용하지 않았을 그 말, 너희 일본 사람들……. 그건 종결되지 못하고 용서하지도 못하고 마침내 화해하지도 못한 긴긴 역사의 그늘이었다. 그 그늘이 새처럼 커다란 날개를 펴고 결국 그와 나 사이에 둥지를 틀어 버린 것이었다.

그 후 오랫동안 생각해 보았지만 평소에 나는 그런 생각을 그리 많이 하는 사람이 아니었다. 지금 같으면, 웬 역사의식? 웬 애국심? 하고 웃어 버리고 말지도 모른다. 그런데 그날 나의 존재가 가장 예민했던 바로 그 순간, 청산되지 못한 역사는 그렇게 어이없는 종말에 마지막 종지부를 찍어 주고 있었다.

참으로 비겁하고 훌륭한 명분이었다.

준고가 나가 버린 집에서 나는 가방을 쌌다. 닥치는 대로 이것저것 집어넣고 집을 나서려다가 현관에서 나는 뒤돌아보았다. 그의 눈길 안에 있던 모든 사물이 가지 마, 라고 말하는 듯했다. 불을 끄려는데 어둠 속에서 아직도 켜 놓은 커피메이커의 빨간빛이 보였다. 나는 신발을 벗고 들어가 그것을 껐다. 그러자 완벽하고 조용한 어둠이 집 안을 가득 채웠다. 나무들이 흔들리는 소리가 열린 창문으로 파도 소리처럼 밀려들었다. 귓전에 호숫가의 물소리도 다가설 것만 같았다. 내가 좋아하는 바나나를 넣고 먹던 푸른색 등나무 바구니가 보였다.

준고랑 자주 가던 카페 안나의 주인 부부 얼굴과 프로방스 빵집 마리코의 친절한 웃음, 꼬치구이집에서 풍겨 나오던 그 냄새들이 떠올랐다. 일본에 오지 않았더라면 막연하게 그저 한 덩어리로 보였을 일본이라는 나라가 구체적인 사람들의 모습으로 떠오르자, 내가 실은 예의 바르고 깨끗하며 부지런한 이 사람들을 사랑하고 있었다는 것을 알게 되었다. 한국말하고는 다르게 조금 감각적인 일본어도 좋아하고 있다는 것을 알게 되었다. 그리고 내가 그를 알아보았던 이유는, 일본이라는 남의 나라에서 만년의 빙하처럼 떠도는 듯한 내 모습을 일본인인 그에게서 발견해 냈기 때문이라는 것도 떠나는 순간에 알게 되었다. 그리고 그를 너무나 사랑했다는 것도, 결코 잊을 수 없을 거라는 것도, 하필이면 떠나는 순간에 알게 되었다.

준고의 책상 위에 내가 준 휘파람 부는 소녀가 두 손을 맞잡고 서 있었다. 그것은 한국인의 얼굴이었고 일본인의 얼굴이기도 했다. 너무나 닮았기에 서로를 미워해야만 했던 비운의 형제처럼 나는 한국과 일본의 역사를 그렇게 느끼고 있었다. 나는 준고의 책상으로 가서 소녀 인형을 집어 들고 물었다.

"너도 갈래? 한국으로?"

소녀 인형은 입술을 동그랗게 모으고 웃고 있었다.

"남아 있을래? 맨발을 벗고 다녀도 될 만큼 깨끗한 골목이 있는 이 나라, 남에게 폐를 끼치지 않으려고 말도 조용조용하게 하고 거리마다 화분이 있고 꽃들이 피어나는 나라, 음식이 달고 부드러운 이 나라에. 그 나라에 사는 우리 준고 옆에."

나는 소녀 인형을 집어 들었다.

"나는 갈래. 고향으로 가고 싶어. 여기가 싫어서가 아니라 거기가 좋아서. 큰 소리로 싸움도 잘하고, 큰 소리로 화해도 잘

하고, 큰 소리도 웃기도 잘하고, 큰 소리로 울기도 잘하는 모두가 춤을 추듯 움직이고 있는 내 나라로 가고 싶어. 물어보지 않아도 김치도 더 주고, 노란 무도 더 주고 배고프다고 하면 밥도 한 그릇 더 주는 내 나라로 가고 싶어. 거기는 모두가 우리니까. 그리고 나는 별로 조용조용한 사람이 아니거든."

소녀 인형은 한때 베니가 그랬듯이 뾰로통하게 입술을 내밀고 있었다.

"너무 많은 걸 바랐나 봐. 감히 영원 같은 걸 갖고 싶었나 봐. 변하지 않는 거 말이야. 단단하고 중심이 잡혀 있고, 반짝반짝 빛나고 한참 있다 돌아와도 언제나 같은 자리에서 두 팔을 벌려 주는 그런 사랑. 변하지 않는 사랑…… 같은 거. 꿈꾸지 말아야 할 것을 꿈꾸고 말았나 봐. 내가 너희 주인한테 물어봤는데……, 처음 만나 너를 주고 나서 물었거든, 변하지 않는 사랑을 믿느냐고. 어딘가에 그런 게 있다고 그 사람이 대답했어. 어딘가라고 말했는데 그게 그 사람 속에 있는 줄 알았던 거야……."

나는 무거운 가방 두 개를 들고 그 집을 빠져나왔다. 하늘은 잔뜩 흐려 있었고, 습기를 머금은 바람은 머리칼을 조금씩 적시고 있었다. 호수는 어둠 속에서 조용히 일렁이고 있었다.

'잘 있어. 벚나무들, 청둥오리들, 준고랑 처음 만났던 다리
도. 카페 안나 아저씨랑 아줌마, 프로방스 빵집 마리코도 안
녕……. 잘해 줘서 고마웠어요. 당신들이 아니었다면 나는 알
지도 못하면서 무작정 일본 사람들을 싫어했을 테니까.'

바람이 불 때마다 마른 나뭇가지들이 사각거렸다. 돌아보
고 싶었지만 나는 기도했다.

'비가 오게 해 주세요. 가방이 두 개라 우산을 못 들어요. 너무
무거워서 한 손으로 다 잡을 수도 없어요. 그런데 눈물이 날 테
니까, 많이 날 테니까 가려 주세요. 빗물인 줄 알게 가려 주세요.'

다음 날은 비가 내렸다. 그다음 날도 내렸다. 나는 그렇게 일
본을 떠났다.

회의를 끝내고 서둘러 필자가 사는 일산까지 갔다가 돌아
오니 민준에게 메일이 와 있었다.

나우 리그렛님, 포에버 리그렛 하기 전에 약속을 하심이 어떠신
지……. 오늘 저녁에 소생은 시간이 많사옵니다. 저녁 전이라도 부
르시면 달려가겠사옵니다. 장담하건대 퀵서비스보다 빠르고 메
일보다는 좀 늦게 달려가겠사옵니다. 이 몸은 인간이기에 선처
를…….

나는 웃었다. 민준은 언제나 같은 말이라도 재미있게 하는 장점을 가지고 있었다. 열다섯 살, 지금은 출판사로 쓰고 있지만 우리 집이었던 이 집 담 밑에서 열다섯 살 난 우리는 처음 만났다. 그때 물어 오지도 않았는데 내가 먼저 그 아이에게 나는 최홍이고 하얀 장미를 좋아해, 하는 말을 했다는 걸 생각하자, 웃음이 나왔다. 지금은 나보다 한 뼘은 크지만 그때 그는 나보다 조금 작았다. 수줍어서 내 눈을 똑바로 보지 못하던 그의 첫 얼굴도 떠올랐다.

"어떻게 생겼어? 옆집에 미국에서 왔다는 이 변호사님 손자 말이야."

록이가 물었다.

"적당하게 생겼어. 눈도 적당히 크고 코도 적당히 높고 입도 적당히 얇고 키도 적당히 크고 몸도 적당히 말랐어. 한마디로 '적당'이야!"

우리는 그 후로 민준을 적당이라고 불렀다. 민준은 그 별명을 몹시 싫어했다. 그와의 지난 세월은 매우 소중한 것이었다. 내가 그에게 상처 입히지만 않았다면 좋았겠지만, 그것은 그의 잘못도 나의 잘못도 준고의 잘못도 아니었다.

답신을 보내려고 하는데 나우 리그렛이라는 아이디가 갑자기 마음에 걸렸다. 지희 생각이 났다. 우리가 서른이 되기 전에, 눈물을 그치고 떠나야 하는 진짜 아프리카는 어디일까. 나는 아이디를 변경했다. 진짜 아프리카. 쓰고 보니 괜찮은 것 같았다.

검토해야 할 원고가 있어. 청혼받느라고 하도 정신없어서 일에 게을러졌거든. 집에서 저녁 먹고 호출을 기다려. 어차피 출판사 옆집이 너네 집이잖아. 문자 보낼게.

진짜 아프리카를 발견하러 몸을 바꾼 나우 리그렛

그때 출판사가 떠들썩해지며 이연희 과장이 들어섰다.

"사사에 선생은?"

누군가 물었다.

"저녁 먹자니까 그냥 호텔 방에서 쉬고 싶대. 피곤한 얼굴이라서 더 권하지도 못했어. 내일 세 시에 출발하니까."

"저번 회식 때 사사에 선생이 말했던 그 한국 여자 말이야. 끝내 나타나지 않은 모양이죠?"

"글쎄, 그 여자 누군지 되게 좋겠어. 주인공도 되고. 남자들은 무조건 주인공 좋아하잖아."

234

"난 주인공 싫어. 너무 고생이야. 파란만장에다가 대개 남자랑 헤어지잖아!"

웃음소리가 사무실에 울려 퍼졌다. 나도 웃었다. 웃는데, 그날 예가에서 고개를 떨구고 오징어볶음을 먹던 그의 얼굴이 떠올랐다. 나는 웃음소리가 왁자한 사무실 문을 밀고 밖으로 나왔다. 이 집에서 나는 일본으로 떠났었다. 윤동주의 시집을 끼고 그의 발자취를 찾겠다고 떠났다. '단 한 여자를 사랑한 일도 없다. 시대를 슬퍼한 적도 없다.'라고 쓰고 그 시대에 희생당한 맑은 눈의 사내.

원고를 펴고 기획안을 쓰고 있는데 문득 시간이 오래 흘렀음이 느껴졌다. 일곱 시가 훌쩍 넘어 여덟 시로 향해 가고 있었다. 원고에 몰두한 탓인지 자리가 다 비도록 퇴근 인사도 의식하지 못한 모양이었다. 나는 멍하게 시계에 시선을 던진 채 앉아 있었다. 그가 도착하던 그날 남산에 올라 차 안에서 반짝이는 저 시각을 바라보았던 기억이 났다. 배가 좀 고팠지만 기다리고 있는 민준을 생각해서 그에게 문자 메시지를 보내려다가 나는 다시 시계를 바라보았다. 7이라는 숫자가 선명했다. 나는 수화기를 들었다.

"여보세요."

그의 목소리였다.

"여보세요, 준고⋯⋯."

생각보다 말이 쉽게 나오지 않았다. 그 뒤에 나 홍이야, 하고 싶었는데 갑자기 그가 나를 부르던 그 이름이 떠올랐던 것이다. 베니, 베니, 주홍빛 이름⋯⋯. 내 망설임을 알았는지 그가 얼른, 전화해 줘서 고마워, 했다. 나는 침을 한 번 삼키고 다시 말했다.

"내일 돌아가지? 배웅은 못 할 거 같아. 전화로라도 인사하려고⋯⋯."

"내일, 아니 지금이라도 만날 수 없을까?"

그가 물었다. 이렇게 전화로 인사하는 마당에 만나서 그를 배웅하지 못할 이유는 없었다. 그러나 준고 때문에 민준을 힘들게 하는 일은 그날 하루로 충분했다. 나는 아니, 라고 말했다. 그런데 그 순간, 이상한 기분이 들었다. 내일 가고 나면 언제 올지 알 수 없는 그와의 마지막이 진짜 마지막은 아니라는 생각이 들었던 것이다. 지금 헤어진대도, 다시는 못 만난대도 그와 다시는 헤어지지 않을 것 같았다. 이게 무슨 뜻인데? 하고 누가 물으면 뭐라고 딱히 설명할 수 없지만 그럴 것 같았다.

47

"흥, 난 꼭 해두고 싶은 말이 있어. 네가 많이 오해를 하고 있어. 고바야시 칸나도 네가 오해하고 있는 것 중 하나야. 내가 그녀를 부른 게 아니라 담당 편집자 자격으로 칸나가 마음대로 쫓아온 거야."

　준고는 내가 전화를 끊기라도 할까 봐 빠른 목소리로 말했다. 그날 칸나라는 여자와 앉아 있는 모습을 보고 뛰쳐나오던 신라호텔의 어두운 주차장이 떠올랐다. 뒤집어진 핸드백 속에서 튀어나온 열쇠를 내가 더듬어 찾던 기억도 났다. 내가 말이

없자 준고가 다시 말했다.

"그래, 칸나는 내 담당 편집자야.『한국의 친구, 일본의 친구』를 낸 출판사에 근무하고 있지. 하나하나 제대로 오해를 풀어 가고 싶다. 지난 일들에 대해서는 특히 시간을 가지고⋯⋯."

지난 일들이라는 말에서 그는 약간 말을 더듬었다. 지난 일들⋯⋯, 그와 내가 사랑했던 그 순간들이 이렇게 한 단어로 집약되는 것이 낯설었다. 나로서는 한 생애를 살아 버린 듯 길고 선명하고 다채로웠던 수많은 일이 지난 일들이라는 한마디로 그의 입에서 설명되고 있었다.

"부탁이다. 내일 회사에 가기 전에 조금만이라도 시간을 낼 수 없겠니?"

준고답지 않게 말이 빨랐다. 그가 얼마나 내게 많은 말을 하고 싶어 하는지, 그 진심이 전해져 왔다. 말로는 다 표현할 수 없어서 글을 쓴다는 그였다. 마음이 잠시 흔들렸다. 사실 나를 위해서가 아니라 그를 위해서 그 부탁 하나 들어주지 못할 이유는 없었다. 하지만 오해를 푼다 한들 우리는 헤어져야 할 것이다. 그는 내일이면 돌아간다. 이제 와서 오해를 푼들 무슨 소용이 있을까. 나로서는 그를 미워한 채로 보내는 편이 나았다.

그때 그래도 나는 너를 사랑했어……, 보내고 싶지 않았어, 라는 말을 듣는다 해도 그는 간다. 그리고 나는 남는다. 다시 시작하자고 한들, 한번 보낸 마음이 그렇게 다시 시작될 수 있을까? 이제 와서? 그건 이별보다 더한 희극 같았다.

"내일 난 회사 쉬어. 집에서 할 일도 있고, 오후에는 사귀는 사람과 만나기로 했어……."

그것은 거짓말이었다. 필사적으로 달려드는 그를 그렇게라도 체념하게 하고 싶었다. 그런데 문득 아버지가 하신 말씀이 생각났다.

"그녀에게 거짓말을 했다. 할아버지가 반대하신다고……."

그게 무슨 뜻인지 그때는 희미했는데 지금은 알 것 같았다. 아버지는 정말 교토의 그 사람을 사랑했구나 하는 생각이 들었다. 그런데 그 말을 하는 순간, 내일 정말 회사를 쉬어야겠다는 마음이 들었다. 분당의 호숫가에 서서 오로지 나 혼자 그 먼 하늘을 바라보며 준고가 탄 비행기를 배웅하고 싶었다.

"사인회장에 왔던 사람이구나. 네게 청혼한다고 했지……."

그건 처음 듣는 이야기였다. 순간 하얏트호텔에서 민준이 『한국의 친구, 일본의 친구』를 들고 있던 일이 떠올랐다. 약간 화가 났다. 설사 민준이 나를 사랑한다고 해도, 백 번 양보해서 내가 그의 아내라고 해도 준고에게 찾아가 그 이야기를 할 권리는 없었다. 나는 순간 민준의 다른 얼굴을 보는 것만 같은 기분이 들었다.

"……그래. 그 청혼을 받아들이기로 했어."

나는 다시 거짓말을 했다. 아버지도 시즈코에게 이런 거짓말을 했을까. 이상하게 가슴 한편이 쓰렸다. 준고의 슬픈 얼굴이 내 망막으로 떠올랐다. 이제 넌 혼자가 아니야. 준고 내가 영원히 네 곁에 있어 줄게, 라고 말한 여자는 내 마음 안 호리병 속에서 아직도 울고 있었다. 잠시 침묵이 흘렀다.

'너를 다시 만나서 좋았어. 이제 후회하지 않을 수 있을 거 같아. 실은 공항에서 너와 처음 마주쳤을 때 너도 나를 잊지 못하고 있다는 걸 나는 이미 알고 있었어. 왜냐하면 나는 너를 사랑했었고 그래서 알 수 있었어. 네 눈빛만 봐도 그냥 아니까.'

이렇게 말하고 싶었는데 눈가가 뜨거워지면서 눈물이 흘러내렸다. 나는 맨손으로 눈물을 닦았다. 괜찮다고 나에게 말하고 싶었다. 서른이 될 때까지, 진짜 아프리카를 찾을 때까지는 그냥 실컷 울게 해주고 싶었다.

"……축하한다."

아무것도 모르는 준고가 말했다. 나는 한 손으로 입을 막았다. 또다시 우는 모습으로 그와 헤어질 수는 없었다.

"고마워, 조심해서 가."

나는 있는 힘을 다해 눈물을 들키지 않을 만큼 천천히 말했다.

"그래 그렇게. 행복해라……."

그가 말했다. 응, 너도, 라고 말하려는데 입이 떨어지지 않았다. 그건 내 마음이 아니었다. 그렇게 말하고 나면 착한 여자는 될 수 있을지 모르지만, 나 자신이 싫을 것 같았다. 우연이든 운명이든 이 만남이 가져다준 마지막에는 그저 진심으로 그를 대하고 싶었다. 그게 나쁘다 해도, 그것이 다른 사람의 기준으로 보면 이상하다고 해도 나는 내 진심만 말하고 싶었다.

'준고 너는 행복하지 마. 나랑 있을 때보다는 행복하지 마.'

하지만 그 말 역시 하지 못했다. 입을 열면 울음이 터져 버릴 것 같아서였다.

"꼭 행복해야 한다."

그가 다시 한번 말했다. 나는 전화기를 든 채로 앉아 있었다. 그도 전화를 끊지 못했다. 나는 스물아홉 해를 살아온 힘을 다해 인생의 한 막처럼 무거운 전화기를 내려놓았다. 그리고 어두운 창밖을 바라보다가 두 손으로 얼굴을 가렸다.

얼마나 시간이 지났을까. 누군가 내 어깨를 두 손으로 잡았
다. 눈물이 범벅된 얼굴로 고개를 들어 보니 민준이 서 있었다.
그는 모든 것을 이해하는 자의 슬프고 절망스러운 눈을 하고
있었다.

48

차는 강변을 따라 달리고 있었다. 분당에 가까이 올 때까지 그도 나도 아무 말 하지 않았다. 사무실에 혼자 앉아 울고 있는 내 모습으로 민준은 모든 것을 이해한 듯했다. 그는 영리한 사람이었다. 나에 대해 논문을 쓴다면 아마 준고보다 그가 더 높은 점수를 받을 것이다. 하지만 많이 안다고 많이 사랑한 것은 아니다.

"……이제 가면 언제 와?"

내가 물었다. 민준이 피식, 하고 웃었다.

"오 년쯤."

"그럼 우리 서른네 살, 아님 다섯? 야아, 너 그때 배 나오지 마. 나도 늘 뛰고 있을게. 그런데 아무리 뛰어도 나 아줌마 되면 어떻게 하지? 그때 아저씨, 아줌마가 만나서 '민준아, 홍아' 그렇게 부르면 이상하지 않을까?"

나는 최대한 명랑한 목소리로 말했다. 민준이 웃었다. 힘없는 웃음이었다.

"지금부터라면 애 넷은 충분히 낳을 수 있는 시간이네. 게다가 두 명은 쌍둥이라며!"

민준이 어이가 없다는 듯한 얼굴로 나를 바라보았다. 이건 좀 너무했나 싶어서 나는 눈을 내리깔았다. 힘겨운 침묵이 다시 차 안을 감쌌다. 무슨 말인가 하려고 고개를 들고 그를 바라보았는데 그의 얼굴로 눈물이 흘러내리고 있었다. 나는 입술을 물고 가만히 있었다.

"그 사람…… 어디가 그렇게 좋았니?"

낮은 목소리로 그가 물었다.

"미안해."

내가 힘없는 목소리로 대답했다.

"미안하다고?"

민준이 버럭 소리를 질렀다.

"사랑한다고 십오 년 동안이나 널 바라보기만 하면서 기다린 사람한테, 결혼을 약속하자는 사람한테 미안하다고 말하는 여자가 세상에 너 말고 또 있을까?"

민준의 목소리가 그렇게 격양된 것은 처음 보는 일이었다. 언제나처럼 나는 또 그에게 야단을 맞고 있는 기분이었다. 그는 늘 어른스러웠고 그래서 나는 늘 철부지 같았다.

"……민준아."

그는 입을 꾹 다물고 아무 말도 하지 않았다. 흘러내린 눈물이 어둠 속에서 반짝하고 빛났다.

"너랑 먼저 연애라는 걸 했었다 해도, 아니 너랑 결혼하고 있었다 해도 애가 넷이나 있었다 해도…… 그 사람이 왔으면 나는 처음처럼 그렇게 가슴이 철렁했을 거야. 누굴 먼저 만나고 누구와 먼저 연애하고 그런 문제는 아니었던 것 같아."

민준이 무슨 말인가 할 듯 할 듯하다가 혼자 고개를 저었다.

"최홍, 나는 너를 도저히 이해할 수가 없어. 예전에도 그랬고 지금도 그렇고 아마 앞으로도 그렇겠지……."

차는 어둠 속을 달려 호숫가로 들어서고 있었다. 검은 물 위에 멀리 보이는 불빛들이 반짝였다.

"그 사람 가고 너도 가겠지. 난 혼자 남게 될 거야. 하지만 혼자 남는 게 무서워서 너를 사랑하는 것처럼 속이는 건 싫었어. 너를 좋아하는 거라고 말하면 그건 전혀 거짓말이 아니고 심지어 진심이라고 말할 수 있지만 사랑한다고, 그러니까 너하고 결혼하겠다고 하면 그건 진심이 아니야. 그럼 나는 나 자신이 자랑스럽지 않을 거 같았어……. 스스로를 자랑스러워하지 않는 아내를 둔 너는 또 자랑스럽지 않겠지. 이게 내가 네 사랑에 보답하는 최대한의 사랑이라는 걸, 네가 내 말을 이해해 주면 좋겠다."

민준은 미동도 않고 앞만 보고 있었다.

"나 내리고 싶어. 여기서부터 걸어갈래."

내가 말했다. 민준이 잠시 망설이다가 차를 세웠다. 나는 돌아보지 않고 걸었다. 그가 차를 돌려 가는 걸 보며 손을 흔들어 주고 싶었지만 그러지 않는 게 좋을 것 같았다. 나는 앞으로 걸었다. 서 있던 민준의 차가 출발하는 소리가 들렸다. 문득 기분이 이상했다. 그가 차를 돌려 집으로 가지 않고 나를 따라오고 있다는 것을 알 수 있었다. 헤드라이트를 끈 채로 그가 다가오고 있었다. 나는 멈추어 섰다. 그도 멈추어 섰다. 내가 다시 걸었다. 그러자 그도 다시 그만큼 따라왔다. 내 보폭을 맞추느라

잠시 서기도 했지만 그는 꼭 그만큼의 거리를 두고 나를 따라오고 있었다.

집 앞으로 도착해 나는 열쇠로 대문을 열었다. 그의 차가 그때까지 꼭 그만큼의 거리를 두고 내 뒤에 서 있는 것이 느껴졌다. 대문을 열고 들어가 나는 그의 차를 바라보았다. 어둠 속에서 그의 단정한 실루엣이 보였다. 그렇게 서로를 마주 본 채로 나는 천천히 문을 닫았다. 민준의 얼굴이 그 대문만큼 가려지다가 사라졌다. 대문에 등을 기댄 채로 서서 나는 하늘을 바라보았다. 그리고 나직이 말했다.

"안녕 민준아, 안녕 준고."

그렇게 나는 혼자가 되었다.

창밖으로 푸른빛이 어리고 있었다.

나는 일어나 앉아 시계를 보았다. 다섯 시가 좀 넘어 있었다. 바람이 부는지 이층 내 방 창문 앞에 매달아 둔 바람 종이 딸랑거리고 있었다. 나는 이불을 뒤집어써 보았지만 잠은 다시 오지 않았다. 나는 일어나 침대 끝에 걸터앉았다. 새벽의 냉기 때문에 등이 시렸다. 숄이라도 좀 걸치려고 일어서려는데 갑자기 온몸에서 힘이 다 빠져나가며 나는 무너지듯 침대에 주저앉았다. 그가 가는 날이다. 이 겨울 속에 나를 남겨 두고 그 혼자 일본의 화사한 이노카시라 호숫가로 돌아가는 것 같은 서러운 생각이 들어 버린 것이었다. 다시 일어서 보려고 했지만 꼼짝도 할 수 없었다. 스물아홉의 생을 통틀어 이토록 혼자라고 느낀 것은 처음이었다. 준고와 헤어지던 무렵 내가 느꼈던 외로움은 분명 무엇인가에 대한 기대가 채워지지 않은 그런 외로움이었다. 그런 외로움은 내가 바라보고 있던 상대방의 가벼운 호의 하나로도 개선될 수 있는 종류의 것이었다. 그런 데 이 새벽 얕은 잠에서 깨어나 내가 느끼는 외로움은, 말하자면 어떤 희망도 내포하지 못한 것이었다. 모든 관계의 기대감은 사라지고 기억들만 존재하는 듯한…… . 생은 더 이상 내게 어떤 다정한 나날도 허락하지 않을 것만 같았다. 그리고 이제 이 새벽이 그와 내가 같은 하늘에 있는 마지막 아침으로 향하고 있었다.

　나는 창가로 다가가 외등으로 뿌연 정원을 바라보았다. 겨울의 정원은 점령군이 휩쓸고 지나가 버린 듯 황량해 보였다. 그 황량한 정원으로 스물아홉 나의 생애들이 지나고 있었다. 나의 사랑과 나의 행복과 그토록 원했던 것들이 손끝에 만져진다고 생각했던 순간, 내 손 안에서 사라져 갔던 그 기억들처럼.

누군가 묻는다면 나는 대답할 것이다.

'모든 것이, 마치 태어나고 죽는 모든 것이 그렇듯, 예기치 않은 모든 사고와 만남과 사랑 혹은 한 인간의 성장이 그렇듯, 모든 것이 그저 운명이라고 말씀드릴 수밖에 없어요.'

후회하느냐고 묻는다면 많이 망설이다가 대답할 것이다. 그것은 정말로 부질없는 질문이라고.

마음속으로 다시 익숙한 선율이 들려오기 시작했다. 띠리 리리 리리리 따라라라라 라라라라……, 이노카시라 공원 호수에 내리는 무수한 빗방울 소리 같기도 하고 사슴 떼가 야트막한 언덕을 질주하는 소리 같기도 하고, 우리가 함께 사랑을 나누던 밤 내가 풀 먹여 놓았던 침대의 흰 시트가 바스락거리는 소리 같기도 한, 그가 그때 내 귀에 대고 속삭이던 우리 영원히 함께 깨어나 아침을 맞자, 라는 작은 목소리 같기도 한, 그때 그의 품에 안겨서 영원히 네 곁에 있을게, 하고 속삭이던 나의 목소리 같기도 한 선율. 준고와 손을 잡고 기치조지역 앞을 달려갈 때, 행복에 겨운 나의 발그레한 귓바퀴를 스치던 바람 소리 같기도 한 선율들.

나는 책꽂이로 다가가서 시디 케이스에서 시디를 하나 빼들었다. 그와 헤어진 후 단 한 번도 들어 본 적이 없는 곡「비창」을 시디플레이어에 끼우고 버튼을 눌렀다.

피아노 소리가 내 방을 가득 채우기 시작했다. 그 피아노의 선율을 따라서 무엇인가가 내 안에서 산산이 부서지고 있었다. 무엇인가가 바닥을 치고 있었다. 내 마음속의 호리병이 펑 하고 터져 나오고 있었다. 내 자발적인 의지는 아니었지만 내 뜻이 아닌 것도 아니었다.

'베니, 이제 울지 마…….. 너를 놓아줄게.'

호리병 속에서 나온 베니는 나를 물끄러미 바라보았다. 그녀의 눈에는 아직 다 마르지 못한 눈물이 고여 있었다.

'베니.'

나는 작은 목소리로 그녀를 불렀다. 차마 내 입으로 발음할 수 없었던 이름, 사랑을 믿었던 그날들에 그가 나를 부르던 목소리가 떠올랐다.

'가서 준고에게 말해 줘. 한국 여자들은 자기를 버리고 떠나가는 사람에게 빨간 진달래꽃을 뿌려 주는 사람들이라고…….. 그걸 밟으면서 가라고 뿌려 주는 사람들이라고…….'

베니가 여전히 나를 바라보고 있었다.

'후회하지 마. 부끄러워하지도 마. 너는 모든 사랑하는 사람들의 편이고 변하지 않는 사랑을 믿는 사람들의 편이고, 행복한 사람들의 편이야……. 왜냐하면 네 가슴은 사랑받았고 사랑했던 나날들의 꽃과 별과 바람이 가득할 테니까. 쓸쓸한 생은 많은 사람에게 그런 행복한 순간을 허용하지 않는데, 너는 한때 그것을 가졌어……. 그건 사실 모든 것을 가진 거잖아.'

나는 창문을 열고 베니의 싱싱한 머리카락이 겨울바람에 나부끼며 새벽빛 속으로 사라지는 것을 바라보고 있었다. 젊은 날의 준고가 그녀의 손을 잡고 이노카시라 공원을 달려갈 것이다. 베이비파우더를 뿌린 듯 하얀 벚꽃이 흐드러진 그 봄날 속으로.

나는 그렇게 서서 베니가 사라진 정원을 보고 있었다. 차가운 겨울바람이 창문 안으로 몰아쳐 들어오고 있었다. 그때 이상하게도 한줄기 따스한 바람이 내 콧등을 스쳤다. 이상한 향기도 어리고 있는 것 같았다. 「비창」의 선율은 계속되고 있었다. 나는 볼륨을 높였다. 이제는 후회하지 않고 그 선율에 귀를 기울이고 싶었다. 그리운 사람을 생각하면 열리는 슬픈 귀를 더 이상 막고 싶지 않았다. 앞으로 칠 년 후쯤 그가 다시 이상한 우연에 편승해 내게 온대도 나는 아마 또 가슴이 철렁할 것이다.

결국 또 내 가슴을 철렁이게 할 단 한 사람, 헤어진대도 헤어지지 않을 것을 알았기에 떠나보낸 그 사람, 내 심장의 과녁을 정확히 맞추며 내 인생 속으로 뛰어들었던 그 사람, 처음 만난 순간부터 만년을 함께했던 것 같은 신비한 느낌을 주었던 그 사람, 내 존재 깊은 곳을 떨게 했던 이 지상에 존재하는 단 하나의 사람. 그때 내 처지가 어떨지, 혹은 그를 향한 자세가 어떨지 그것은 알 수 없지만 한번 심어진 사랑의 구근은 아무리 많은 세월이 지나도 죽지 않고 다시 일어나 조그만 싹을 내밀 것이다. 그런 구근의 싹을 틔우는 사람이, 먼 하늘 너머 있다는 것이 꼭 나쁜 일은 아닌 것 같았다. 사랑한다고 해서 꼭 그를 곁에 두고 있어야 하는 것이 아니라는 것도 느껴졌다. 옷자락을 붙들고 가지 말라고 해서 갈 것들이, 그게 설사 내 마음이라고 해도, 가지 않는 일이 없다는 것을 나는 알게 되었기 때문이다. 만나면 안 된다고 천 번의 밤 동안 결심한다고 한들, 만날 것들이 만나지 않는 일은 없다는 것을 나는 이 우연한 재회를 통해 알게 되었기 때문이다. 나는 내 모든 꿈과 열망들을 먼 하늘에 풀어놓고 싶었다. 그리고 그것들이 구름이 되고 소나기가 되고 부신 햇살이 되어 내게로 다시 올 때까지 생을 물끄러미 바라보며 있고 싶었다. 그리고 그것이 어떤 것이든 그날이 올 때까지 내가 할 수 있는 일만 하고 싶었다. 그러니 이제 나는 또 하루를 시작해야 했다. 이를 닦고 샤워를 하고 커피를 끓여 아침을 먹고 호숫가로 나아가 달려야 할 것이다. 그리고 그 먼 하늘 위로 그를 실은 비행기가 날아가면 마음속으로 말하고 싶었다.

'준고, 준고……. 안녕히 가세요.'

동쪽으로 난 내 창에 노란빛이 어리기 시작했다. 아침이 오고 있는 것이다. 그러니 이제 할 수 없는 일 말고 할 수 있는 일을 시작해야 했다.

나는 욕실로 가서 하얀 치약을 칫솔 위에 얹어 양치질을 시작했다.

49

"언니 왜 오늘 회사 안 가?"

리포트를 쓰느라고 늦게 잠든 록이가 운동화 끈을 조이고 있는 내게 다가와 물었다.

"응, 오늘 바람이 바뀌는 날이라서……."

록이가 잠에서 덜 깨어난 얼굴로 커피를 마시다가 무슨 소리야? 했다.

"록, 어젯밤 말이야, 언니가 집에 오는데 차가운 바람 속에서 문득 한줄기 따듯한 바람을 느꼈거든……. 그건 이제 봄이 멀지 않았단 소리야……. 그래서 오늘 하루는 내게 선물하기로 했어."

록이는 무슨 소린지 여전히 모르겠다는 듯이 고개를 저으며 이층으로 올라갔다. 나는 마당으로 나가 번개를 쓰다듬어 주었다. 번개는 꼬리를 저으며 내 손을 핥으려고 이리저리 뛰었다.

"그동안 홀대해서 미안하다. 인마, 앞으로 잘 지내보자. 응?"

나는 호수로 가는 길로 접어들었다. 마음이 이상하게 맑았다. 맑고 차가운 공기가 뺨을 스치며 정신을 더 맑게 깨워 주고 있는 것 같았다. 호반의 집 곁을 지나면서 나는 속력을 내기 시작했다. 귓바퀴를 스치는 바람 소리가 귀에 왱왱거렸다. 호반의 집 앞에서 커브를 돌아 앞으로 달려가는데 멀리서 누군가가 달려오고 있었다. 가끔 이 호숫가에서 마주치곤 하던 그 아저씨인가 싶었는데 좀 몸이 가늘고 키가 컸다. 한겨울에 파카도 입지 않고 티셔츠 차림이었다. 준고 같다, 하는 생각과, 제발 이제는 이러지 말자, 하는 생각이 동시에 들었다. 한숨을 내쉬며 아자, 하고 나 자신에게 기합을 넣어 주었는데 그 순간 그가 손을 번쩍 들었다. 마치 내가 아자, 하고 말하자 그가 손을 든 것 같아 나는 실은 좀 놀라고 있었다.

내 망막 속으로 그가 오고 있었다. 결국 또 내 가슴을 철렁이게 하는 단 한 사람.

그 사람이 나처럼 이 호숫가를 달려오고 있었다. 아직은 이 사태를 다 알아차릴 수가 없었다. 환영일 거야, 라고 생각하는 순간, 구체적인 그 육체가 나의 곁을 스쳐 지나갔다. 그의 곁을 구체적으로 스치며 나도 앞으로 달려가고 있었다. 포충망에 끌린 것처럼 나는 뒤돌아보았다. 그가 빠른 속도로 몸을 돌려 다시 내게로 뛰어오고 있었다. 다시 가슴이 철렁 내려앉았다. 나는 놀란 눈으로 그를 바라보았다. 준고였다. 그는 나를 향해 활짝 웃었다. 처음 만났던 그 순간 내게 보였던 그 장난꾸러기 같은 미소가 그의 얼굴에 가득했다.

무슨 생각을 해야 하는 건지, 아니 무슨 말을 해야 하는 건지 알 수 없었다.

"그때부터 계속 달렸어."

그가 말했다. 그때가 언젤까 하는 생각이 들었다.

"그때부터?"

"너와 헤어지고 나서 내내. 네 마음에 다가가려고 계속 달렸어."

준고는 곁눈으로 나를 힐끗 보며 말했다. 내가 좋아하던 그의 뺨이 장난꾸러기같이 약간 일그러지며 웃음이 번지고 있었다. 나는 그런 그의 뺨에 입 맞추기를 좋아했었다.

"치! 거짓말. 그런 거짓말은 듣고 싶지 않아."

"거짓말인지 아닌지 몇 바퀴를 더 돌면 믿어 줄래?"

믿을 수 없어, 라고 생각하며 나는 속력을 냈다. 그러나 실은 믿을 수 있기 때문에 문득 그를 처음 만났던 그 순간처럼 부끄러운 기분이 들어서 뺨이 화끈거렸다. 준고가 다시 내 곁으로 왔다. 햇살은 엷은 안개를 걷어 내며 호수 위에서 반짝거리고 청둥오리들은 힘차게 꼬리를 쫑긋거리며 헤엄치고 있었다. 멀리 요한성당 지붕의 금빛 십자가가 아침 햇살에 반짝이고 있었다. 장난꾸러기 하느님이 반짝반짝 웃고 있는 것 같았다.

멀리 겨울 산 위 마른 가지 위로 황금 잎사귀들이 돋아나고 있는 것 같았다. 나는 내 곁에서 나와 함께 뛰는 준고를 돌아보았다. 준고는 호흡을 고르며 애쓰고 있었다. 정말로 오래 뛰어 본 사람만이 가지는 절제된 표정이 거기에는 있었다.

"난…… 너와 헤어지고 나서 한동안은 달릴 수도 없었어. 달리면 네가 생각날까 봐……. 그런데 달리지 않아도 생각이 나니까 괴로웠어."

나는 진심을 다해 말했다. 두 사람의 눈이 마주쳤다.

"그래서 하는 수 없이 다시 달리기 시작했지."

"난 너와 헤어진 다음부터 쭉 달렸지. 네가 달리던 이노카시라 공원을 널 대신해서."

준고는 다시 속력을 냈다. 그의 관자놀이께로 미세한 땀방울이 이슬처럼 맺혀 있는 게 보였다. 그가 내 곁을 바싹 다가와 그의 팔과 내 팔이 미세한 간격을 두고 스쳤다.

"그래, 정말로 달렸어. 그것밖엔 할 수가 없었거든. 말로 분명하게 설명을 했더라면 이렇게까지 먼 길을 돌아오지 않아도 됐을 텐데. 하지만 계속 달렸기 때문에 그때 네가 어떤 마음이었는지 알게 되었지. 외로움을 달래기 위해 넌 혼자서 달렸다는 걸……. 난 그때 너와 함께 달렸어야 했다. 난 너에 대해 뭐든지 알고 있다고 생각했는데 실은 가장 중요한 것을 알지 못했던 거야. 내가 생각이 모자랐어. 내가 나빴다……. 내가 나빴어. 널 외롭게 해서."

준고는 오래 생각해 왔던 말인 듯 천천히 말했다. 힘이 쭉 빠져나가면서 나도 모르게 눈물이 핑 돌았다. 난데없는 눈물 때문에 잠시 내 몸이 휘청했다. 그가 균형을 잃으려고 하는 내 손을 잡았다. 구체적인 체온이 그 손을 통해 느껴졌다. 한국인이든 일본인이든 혹은 서양인이든 모두가 가지고 있는 생명의

온기. 사랑하는 사람들만이 느끼는 따스한 온기, 젊은이들만
이 가지는 힘찬 손의 맥박……. 나도 그의 손을 꼭 잡았다.

"아니야…… 우리가 나빴어……."

우리는 손을 잡고 앞으로 달려 나아갔다. 멀리 햇살이 솟아
오르고 있었다. 따뜻하고 노란빛이었다. 나는 그 햇살을 온몸
으로 받으며 괜찮니 윤오? 하고 묻고 싶었다.

그러면 그는 대답할 것이다. 괜찮아, 베니, 하고.

우리는 앞으로 앞으로 나아가고 있었다. 혼자가 아니라 윤
오하고 베니이면서 준고하고 홍이인 우리가 함께였다. 우리는
오랜 길을 돌아왔다. 슬프고 고통스러운 반추의 길이었다. 그
러나 결국 이렇게 만났고 그러니까 나는 그를 더 사랑해도 괜
찮은 것이다.

살아 있음의 징표인 사랑이 만든 아름다운 다리

폭설처럼 퍼부은 첫눈 뒤에 하늘은 맑고 푸르게 열리고 대기는 건조하고 차갑습니다. 노란 햇살이 그 위로 내리꽂히고 있는 아침입니다. 하필이면 이때, 이 나이에, 하는 생각이 실은 제일 먼저 떠올랐습니다. 한일 간의 관계를 남녀의 사랑이라는 코드로 풀어 가고 싶다는 츠지 히토나리 씨의 제안은 매력적이었고 진지했지만 그런 마음 때문에 머뭇거린 것도 사실이었습니다.

오래도록 그냥 모든 것이 내 안으로 들어와서 다시 흘러나

가는 것을 속수무책으로 바라보았더랬습니다. 시간들도 강물처럼 내 안으로 들어왔다 그렇게 함께 흘러가 버렸습니다. 그들이 떠난 자취는 점차 희미해졌고 때로는 뿌연 강물 외에 아무것도 보이지 않았습니다.

물론 내게도 잊을 수 없는 기억들은 있습니다. 많이 있습니다. 가끔씩 어떤 이들은 거대한 바위처럼 흘러가지 못하고 내 강물에 박혀 있기도 합니다. 그러나 강물은 흘러가고 바위는 마모되어 강물이 그들을 덮어 버립니다. 세월이라는 것이 꼭 좋은 것인지 아직은 잘 알 수가 없지만 그래도 그렇게 오래도록 누군가를 그리워한다, 라는 것만큼 순수한 감정이 있을까, 하고 실은 생각해 왔더랬습니다. 신기하게 홍이와 준고와 함께 보내는 일 년 동안 그리움이라는 수줍고 순수한 단어가 내 곁을 떠나지 않았습니다.

소설을 쓴 지 이십 년이 다 되어 가지만 사랑이라는, 소설가라면 누구나 욕심내는 그 주제를 다룰 수 없었던 저 혼자만의 이유가 있었겠지요. 그런데 이 소설을 시작하는 순간, 내 가슴속에서 작은 싹 같은 것이 돋아났습니다. 설레는 싹 같은 것, 희망처럼 조금은 귀찮고 구차하기까지 하나 사람이라면 놓을 수 없는 사랑이라는 이름의 싹 같은 것……. 나는 신선하게도 그 싹을 홍이에게 쏟아부을 수 있었습니다. 사랑한다는 것은 그가 사람이라는 이야기고 살아 있다는 이야기라는 것을 깨달을 수 있었습니다. 살아 있기에 상처 입고 살아 있기에 다시 회복할 수 있다는 것도 말이죠.

이 소설을 쓰는 동안 나는 이제껏 내 문학이 등에 지고 가야 한다고 생각하던 짐을 조금 내려놓고 쉬었습니다. 다 지고 가지 않아도 된다고 나 자신에게 말해 주었지요. 그래서 이 소설은 제 소설 중 처음으로 해피엔드를 맞았습니다. 여름이 가고 가을이 오는 어느 날이나 겨울이 가고 봄이 오는 어느 날이 늘 그렇듯 삶과 문학의 바람이 바뀐 듯 신선하고 즐거웠습니다. 존경하는 배병삼 교수님의 말을 인용한다면 '경망'과 '중후'의 파도를 넘고 '발효'의 바다를 건너 '경쾌'의 항구에 닻을 내리고 싶어 하던 내 오랜 소망을 하나 이룬 듯도 했습니다.

얼마 전 나를 엄마처럼 사랑해 주는 할머니 친구가 내게 말했습니다. 세상에 사랑은 한 번일 뿐, 나머지는 모두 방황에 불과하다고. 그러니 이제 진짜, 사랑을 시작해 보고 싶습니다. 설사 그것이 먼 훗날 다시금 방황이었다고 생각된다 해도, 오늘 내가 살아 있다는 유일한 징표인 사랑은 사람과 사람, 나라와 나라를 이어 주는 아름다운 다리가 될 테니까요.

　소담 출판사의 이장선 씨, 번역뿐 아니라 온갖 수고를 아끼지 않았던 김훈아 씨, 무엇보다 츠지 히토나리 씨께 감사를 드리고 싶습니다. 참으로 외로웠다는 츠지 씨의 말은, 작가로서 치열하게 살아가고자 하는 그의 진심으로 제게 다가와 오래 남았습니다. 그들의 노력이 아니었다면 게으른 제가 부지런해야만 하는 이 작업을 해낼 수 없었을 것입니다. 언제나 찢어진 마음만 드렸을 뿐인데 따뜻한 사랑으로 저를 치유해 주셨던 독자들에게도 사랑과 감사를 전합니다. 이제 새로운 지평에서 새로운 모습으로 만날 것을 예감하는 오늘, 저는 감히 행복하다고 말할 수 있습니다.

흰 눈이 덮인 어느 겨울 아침
공지영

사랑 후에 오는 것들

펴 낸 날 | 2005년 12월 20일 초 판 1쇄
        2024년   8월 15일 개정판 1쇄
        2024년 10월   8일 개정판 2쇄

지 은 이 | 공지영
펴 낸 이 | 이태권

책임편집 | 정지원
북디자인 | 김혜수

펴 낸 곳 | 소담출판사
서울특별시 성북구 성북로5길 12 소담빌딩 301호 (우)02880
전화 | 02-745-8566 팩스 | 02-747-3238
등록번호 | 1979년 11월 14일 제2-42호
e - mail | sodambooks@naver.com
홈페이지 | www.dreamsodam.co.kr

ISBN 979-11-6027-450-9 04810
     979-11-6027-449-3 (세트)